법정 詩로 태어나다

법정 詩로 태어나다

생명을 품은 말씀,
환희의 시로 태어나다

김옥림 지음

MIRAE BOOK

네 가슴이 녹슬지 않게
늘 맑고 고운 시향詩香이 풍기게 하라
그리하여 너는 시가 되고
네가 사는 일이 향기 나는 노래가 되게 하라

_〈시처럼 너를 살아라〉 중에서

프롤로그

시처럼 살고
꽃처럼 향기를 남겨라

인간은 누구도 예외 없이 한 번뿐인 인생을 살아갑니다. 이 세상 그 어느 곳에도 두 번의 인생을 살았거나 살고 있는 사람은 없습니다. 이는 인간에게 부여된 '생명의 원칙'이기 때문입니다. 그런 까닭에 한 번뿐인 인생은 소중할 수밖에 없습니다.

동서고금을 막론하고 자신의 인생을 가치 있게 살았거나 살고 있는 사람들은 한 번뿐인 인생을 헛되이 하지 않기 위해 최선을 다했고, 다하고 있습니다. 그랬기에 많은 사람들로부터 존경을 받으며, 귀감이 되고 있습니다.

하지만 대개의 사람들은 그냥 되는 대로 살아가고 있습니다. 물론 이 중엔 인생을 좀 더 잘 살기 위해 열정을 쏟는 이들도 있습니다. 하지만 조금만 힘에 부치고 막히면 이내 포기하고 맙니다. 그래도 이런 사람들은 적어도 자신을 비참하게 하거나 저급한 인생으로 만들지는 않습니다. 그런대로 무난하게 살아갑니다.

그러나 어떤 사람들은 자신을 저급하고 무가치한 인생으로 전락시킴으로써 사람들과 사회로부터 지탄을 받습니다. 이런 이들은 자신은 물론 주변 사람들에게 해를 끼치는 유해한 사람으로 누구나 경계의 대상으로 삼을 뿐입니다.

자신을 가치 있게 살아가는 사람은 삶의 향기를 지니고 있어 많은 사람들이 그를 닮기를 원합니다. 삶의 향기는 그 어떤 향기보다도 사람들을 향기롭게 하는 까닭입니다.

한 번뿐인 자신의 인생을 좀 더 행복하고 가치 있게 살고 싶다면 가치 있게 살아가는 사람들이 자신을 한 편의 멋진 '인생의 시'로 쓰듯, 자신을 멋진 '인생의 시'로 써야 합니다. 그러기 위해서는 첫째, 그 어떤 것일지라도 자신에게 주어진 일에 최선을 다해야 합니다. 그것은 자신에게도 남에게도 도움을 주는 생산적인 일이니까요. 둘째, 사회와 사람들에게 유익함을 주는 사람이 되어야 합니다. 그것은 모두를 행복하게 하는 일이기 때문입니다. 셋째, 그 어떤 일에 대해서도 절대로 다른 사람에게 해를 입혀서는 안 됩니다. 이는 자신과 다른 사람은 물론 사회에 해악을 끼치는 일이니까요. 넷째, 어느 자리에서도 꼭 필요한 존재가 되어야 합니다. 그것은 자신을 쓸모 있는 인생이 되게 하는 창의적이고 생산적인 일이기 때문입니다. 다섯째, 매사에 감사하며 사는 사람이 되어야 합니다. 감사하며 산다는 것은 그 무엇보다도 자신을 축복되게 하는 일이니까요.

그렇습니다. 이렇게만 살 수 있다면 그 누구나 자신의 인생을 한 편의 멋진 '시'가 되게 할 수 있습니다.

"사람은 누구나 착한 일을 향하여 자기 자신을 높이고 발전시키지 않으면 안 된다. 신이 우리에게 충분한 선을 준 것은 아니다. 다만 우리가 올바르게 살 수 있는 가능성을 보증하였을 뿐이다. 그렇기 때문에 누구나 자기의 힘으로 자기를 더욱 좋게 이끌어 가도록 노력하지 않으면 안 된다. 그 목적을 달성하는 것이 인생이다."

이는 《순수이성비판》, 《실천이성비판》, 《윤리형이상학》 등의 저서로 유명한 독일의 철학자 임마누엘 칸트의 말로 한마디로 함축하면 삶의 향기를 품고 가치 있는 '나'로 살아가야 함을 의미한다고 하겠습니다.

그렇습니다. 가치 있게 살기 위해서는 '선'을 행하며 자신을 발전시키지 않으면 안 됩니다. 가치 있고 행복한 인생을 위해서는 자신의 힘으로 자신을 더욱 좋게 이끌어 가기 위해 노력해야 합니다.

이 책은 법정 스님의 말씀을 시詩로 씀으로 해서 지금까지는 없었던 새로운 형식의 문학적 가치를 추구함으로써, 가치 있고 행복한 인생을 살고 싶어 하는 분들에게 용기를 주기 위해 쓴 책입니다. 이 책엔 가치 있고 행복한 삶을 살아가는 데 도움이 되는 다양한 지혜가 가득 차 있습니다.

이 책을 읽고 나면 어떻게 살아가야 하는지에 대해 보다 더 깊이 깨달음으로써 자신의 인생을 창의적이고 생산적으로 살아감은 물론 '시처럼 살고 꽃처럼 향기를 남기'는 데 큰 힘을 얻게 될 것입니다.

이 책을 대하는 모든 분들에게 행운이 함께하기를 기원합니다.

김옥림

차례

3부

삶의 별이 빛날 때

4부

뜨거운 축복

7부

시처럼 너를 살아라

8부

삶에도 브레이크가 필요하다

1부

너를 꽃이 되게 하라

우리 함께 볼륨을 낮추자

법정

_ 볼륨을 낮춥시다

인간의 도道

저 유유하게 흐르는 강물을 보라
강물이 유유한 것은 어디에도 소란함 없이 흐르는
저 넉넉함과 고요함에 있음이다

하지만 계곡물 소리가 요란한 것은
좁은 골짜기를 빠르게 흘러 지나감에 있으니
사람 또한 이와 같음이다

품격을 갖춘 사람은 저 유유한 강물과 같아
있는 듯 없는 듯하나 그 존재가 뚜렷하고

품행이 방정치 못한 사람은 계곡물과 같아
어디를 가든 소란함으로써 눈총을 사기 십상이다

목소리를 낮추고 행동거지를 바르게 할지니
사람으로서의 도道를 지켜 행함을 즐거이 하라

요즘 우리 사회는 말 난장판을 보는 것 같다. 자신과 상관없는 사람들을 향해 댓글을 달아 비판과 조롱을 해대고, 심지가 흐린 정치인들이나 몰지각한 사람들은 자신을 드러내기 위해 쓸데없는 말을 마구 지껄여댄다. 이 모두는 인격적 결함에서 오는 행태이다. 말을 조심하고 목소리를 낮추고 진중하라.

고뇌 속에서 우리는
근원적인 '나'로 돌아가는 것이다.
인간의 밑천은
선의와 성실 이것뿐이다.

법정

_ 너는 성장하고 있다

선의와 성실

나무는 성실함으로써 산을 푸르게 하고
꽃은 때맞춰 한 치의 어긋남 없이 피고 져
세상을 향기롭고 아름답게 하느니라

예나 지금이나
세상이 흐트러짐 없이 돌아가는 것은
자연을 거스르지 않고
선의와 순리를 따름에 있음이다

인간답게 살아감에 있어
선의와 성실은 근본과 같고
이를 행함은
인간으로서의 의무와 같음이다

나무와 꽃이 제 몫을 다하여
인간과 자연을 이롭게 하듯,

삶의 꽃을 활짝 피우고 싶다면
고난과 고뇌가 따르는 일이 있을지라도
이를 두려워하거나 피하지 말고
힘껏 행하여야 할지니라

인간에게 있어 선의와 성실은
목숨과 같고 숨결과 같음이니
필히 이를 익혀 행하라

인생을 의미 있게 잘 살고 싶다면 매사를 선의와 성실로 임해야 한다. 올바른 생각을 갖고 성실하게 산다는 것은 그만큼 자신을 아름답고 행복하게 하는 멋진 일이기 때문이다. 선의와 성실을 갖춘 당신이 되라.

겨울이 지나가면 봄철이 온다는
이 엄연한 우주 질서를
이제는 더 외면할 수가 없는 것이다.
이 새로운 계절 앞에서
그만 낡은 옷을 벗어던지고
새 옷으로 갈아입지 않으려는가?

법정

_ 낡은 옷을 벗어라

생각의 새 옷

봄이 오면 산천이 푸르게 빛나는 것은
칙칙했던 겨울의 묵은 옷을 벗어버리고
자연이 내어 준 새 옷을 갈아입었음이다

인간 또한 살아감으로써 쌓인
해묵은 삶의 먼지를 말끔히 씻어내고
새로운 생각의 옷으로 갈아입어야 한다

낡은 옷은 아무리 좋아도 낡은 옷일 뿐
새 옷이 될 수 없는 것처럼
생각의 옷 또한 이와 같음이다
낡은 생각의 옷은 기꺼이 벗어던져라

풋풋하고 생기 넘치는 봄꽃처럼
머리는 새로운 생각의 옷으로 갈아입고
마음은 맑고 푸른 새 마음으로 갈아주어라

낡은 옷이 아무리 좋다 한들 그저 낡은 옷일 뿐이다. 생각 또한 이와 같으니 낡은 생각으로는 건설적이고 창의적인 일을 할 수 없다. 새로운 일을 하기 위해서는 새로운 생각의 옷으로 갈아입어야 한다.

일하지 않고서도
먹고살 수 있는 세상이 있다면
그 사회 구조는
어딘가 잘못된 데가 있을 것이다.

법정

_ 놀고먹지 않기

부끄럽지 않는 삶

부끄러운 밥을 먹는다는 것은
상한 음식을 먹는 것과 같고
떳떳치 못한 술을 마신다는 것은
독주를 마시는 것과 같다
일하지 않고 먹는 밥을 자랑치 마라
일하지 않고 마시는 술을 즐기지 마라
열심히 제 몫을 다하고 맛있게 밥을 먹어라
즐겁게 제 몫을 다하고 신나게 즐겨라
스스로에게 부끄럽지 않는 내가 되어라

가장 맛있는 밥은 열심히 일하고 먹는 밥이다. 열심히 일하고 먹는 밥은 자신을 떳떳하게 한다. 그러나 부정한 일을 통해 먹는 밥은 맛도 없고 자신을 부끄럽게 한다. 삶의 제 몫을 다하고 맛있게 밥을 먹는 자가 되라.

우리는 같은 배를 타고 가는 승객들이다.
그 내릴 항구는 저마다 다를지라도
일단 같은 배를 탄 동승자들이다.
따라서 우리는 항시
고락과 생사의 운명을 같이하고 있다.

법정

_ 공동운명체

사사死思의 이기

바퀴가 하나라도 펑크가 나면
자동차는 제대로 굴러갈 수 없다

부품이 하나라도 빠지면
비행기는 하늘을 날 수 없다

인간의 삶 또한 이와 같음이니
한 사람이 잘못함으로써
사회는 혼란에 빠지고

자칫 도탄에 이르게 된다

너와 나 우리는 지구라는 배를 탄
운명이란 공동체이다

나 하나쯤이라는 이기적인 생각이
사회를 혼돈混沌에 빠트려 어지럽히나니,

운명 공동체인 지구라는 배가
매끄럽게 항해하기를 바란다면
이 사사死思의 이기利己를
마음으로부터 말끔히 뽑아내야 한다

사회는 다양한 계층의 사람들로 구성되어 있다. 그래서 개개인은 사회 구성원으로서의 책임과 의무를 다해야 한다. 자신의 이익을 위해 사회 질서를 어지럽힌다면 그것은 사악하고 이기적인 일이다. 부도덕한 사람이 되지 않으려면 이를 엄중히 경계해야 한다.

마음을 활짝 열어
무심히 꽃을 대하고 있으면
어느새
자기 자신도 꽃이 될 수 있다.

법정

_ 수선 다섯 뿌리

너를 꽃이 되게 하라

꽃은 자신을 아름답다 말하지 않는다
다만 사람들이 아름답다 말할 뿐이다

진정으로 아름다운 것은
있는 듯 없는 듯 무심無心한 듯 보여도

그 속에 향기를 품고 있어
아름다움을 느끼게 하는 것이다

아름답게 살길 원하는가
그렇다면 꽃이 무심한 듯 아름다운 것처럼
너를 향기 품은 꽃이 되게 하라

향기를 품은 꽃은 누구에게나 아름답다 여김을 받는다. 사람에게도 향기가 있다. 인격이 그것이다. 인격을 갖춘 사람은 존경의 대상이 된다. 인격이란 향기가 사람들을 사로잡기 때문이다.

절제된 아름다움은
우리를 사람답게 만든다.

법정

_ 어느 오두막에서

심심深心의 꽃

빈 수레가 요란한 것은
속이 채워지지 않았기 때문이듯,

사람 또한 속이 차지 않은 사람은
그 주변이 늘 꽹과리같이 소란스럽다

절제란 속이 채워졌을 때 이르게 되는
심심深心의 꽃과 같나니,

진정으로

아름다운 사람이고 싶다면

그 어떤 것에도 동요되지 마라

흔들리지 않는

심심의 중심을 갖추는 것,

그것이야말로

진정 아름다운 사람이 되는 길이다

절제력이 강한 사람은 실수가 적은 법이다. 그 어떤 일에 마음이 요동칠 때 마음을 잡아 주기 때문이다. 사랑도, 물욕도 넘치면 탈이 날 수 있다. 절제력을 기른다면 능히 이를 막을 수 있다. 절제는 인간이 갖춰야 할 기본이자 필수적인 마인드이다.

좋은 세상이란
사람과 사람 사이에
믿음과 사랑의 다리가 놓여진 세상이다.

법정

_ 개울물에 벼루를 씻다

믿음과 사랑

믿음은
사람과 사람 사이를 이어 주는
마음의 다리

사랑은
마음과 마음을 열어 주는
행복의 열쇠

좋은 세상은
사람 사는 온기가 느껴지는
사람 사는 맛이 나는 멋진 세상이나니

환한 꽃밭 같은 세상에서
하루를 천년 가듯 살고 싶다면

서로가 서로의 가슴에
믿음과 사랑의 강이 흐르게 하라

사람이 반드시 갖춰야 할 필수 마인드는 '믿음'과 '사랑'이다. 믿음은 서로 신뢰하게 하고, 사랑은 서로를 따뜻하게 품어 준다. 믿음과 사랑이 잘 갖춰진 사람은 누구나 좋아한다. 믿음과 사랑은 반드시 갖춰야 할 최고의 덕목이다.

고통의 위기를 통해서
우리 내부에 잠재된
창의력과 의지력이 계발되어
개인이나 사회는
새롭게 성장하고 발전하게 된다.
이것이 우리 인류가 지나온 자취이다.

법정

_ 비닐봉지 속의 꽃

고화苦花

나무가 푸른 잎을 틔우고
꽃을 피우고 튼실한 열매를 맺는 건,

추운 겨울 눈보라를 이겨내고
폭풍우 속에서도 굳건히 지켜냄으로써
온 힘을 끌어 모아
희망을 꽃피웠기 때문이다

고통은 삶을 힘겹게 하지만
고통을 이겨낼 때 새로운 생각이 피어나고
굳센 의지력이 발동하여
바라는 것들의 실상이 된다

세상의 모든 영광은
고통을 이겨내고 피운 의지의 불꽃

고통을 두려워하거나 피하지 말지니
고통을 이기면
찬란한 영광의 꽃으로 피어나리라

고진감래苦盡甘來라는 말이 있다. 고생 끝에 즐거움이 온다는 말이다. 삶을 고통으로 내모는 최악의 상황에서도 꿋꿋이 이겨내면 즐거움을 맞게 된다. 죽을 만큼 힘든 일도 반드시 이겨내라. 환희의 꽃이 반겨 맞아 줄 것이다.

살아서 움직이는 것은 늘 새롭다.
새로워지려면 묵은 생각이나 낡은 틀에
갇혀 있지 말아야 한다.
어디에건 편하게 안주하면
곰팡이가 슬고 녹이 슨다.

법정

_ 겨울 채비를 하며

살아 있다는 것은

쉼 없이 흐르는 강물을 보라
강물이 아름다운 것은
한 곳에 머무르지 않고 끊임없이 흐르고 흘러
살아 있는 것들에게
목숨이 되어 주고 숨결이 되어 주기 때문이다

강물이 끊임없이 흐르고 흘러가듯
살아 있다는 것은 그 얼마나 넘치는 축복인가

살아 있다는 것은
오늘보다 나은 새로운 내일을 사는 것이려니,
머무는 것을 항상 경계하라

푸른 하늘을 보며 밝은 태양 아래에서
살아 있음을 늘 기뻐하고 감사하라

사시사철 푸른 하늘을 바라보며 사랑하는 사람들과 살아간다는 것은 행복한 일이다. 이처럼 살아 있다는 것은, 살아간다는 것은 그것만으로도 위대한 축복이다. 살아 있음을 기뻐하고 늘 새로운 삶을 사는 내가 되라. 그것이 살아 있음에 대한 예의이기 때문이다.

첫 마음을 잃지 말아야 한다.
초지일관, 처음 세운 뜻을 굽히지 말고
끝까지 밀고 나가야
그 뜻을 이룰 수 있다.

법정

_ 모두 다 사라지는 것은 아닌 달에

꿈의 별이 되게 하라

첫 마음은 보석과 같아
첫 마음을 품은 가슴은 별처럼 빛나고
뜨거운 열정으로 가득 차오른다

하지만 첫 마음을 잃은 가슴은
향기를 잃은 장미와 같이 시들하고
불 꺼진 항구처럼 스산하고 쓸쓸하다

첫 마음을 끝까지 지킨다는 것은
모험을 하는 것처럼 힘겹고
때로는 참을 수 없는 고통이 따르는 일이지만,

자신을 세상의 중심에 우뚝 서게 하여
찬란히 아름답도록 빛내는 일이다

오늘과 다른 내일을 살고 싶은가

그렇다면 보석 같은 첫 마음을 불살라
꿈의 별이 되게 하라

사람들은 누구나 처음에 무엇을 시작할 땐 꿈과 열정으로 가득 차 있다. 그러나 시간이 지나면서 점점 첫 마음을 잃어간다. 그리고 완전히 잊고 만다. 이는 보석을 잃은 것과 같다. 그것이 무엇이든 첫 마음을 잃지 않아야 된다. 첫 마음을 잃었다면 첫 마음을 되살려 열정을 바쳐라. 원하는 것을 얻게 될 것이다.

누구와 함께 자리를 같이할 것인가.
유유상종, 살아 있는 것들은
끼리끼리 어울린다.
그러니 자리를 같이 하는 상대가
그의 분신임을 알아야 한다.

법정

_ 누구와 함께 자리를 같이하랴

네가 먼저 그렇게 하라

사랑스런 사람을 만나고 싶다면
네가 먼저 사랑스런 사람이 되어라

웃음이 예쁜 사람을 만나고 싶다면
네가 먼저 예쁜 웃음을 웃어 주어라

매너가 좋은 사람을 만나고 싶다면
네가 먼저 멋진 매너를 보여 주어라

정이 많은 따뜻한 사람을 만나고 싶다면
네가 먼저 따뜻한 정을 베풀어라

덕이 있는 사람을 만나고 싶다면
네가 먼저 후덕함을 갖추어라

사람은 누구나 자기가 하는 대로
똑같은 사람과 만나게 되나니,

좋은 사람을 만나고 싶다면
네가 먼저 품격 있는 좋은 사람이 되어라

어울리는 친구를 보면 그가 어떤 사람인지 짐작할 수 있다는 말이 있다. 사람은 성격적으로든 취미로든 자신과 잘 맞는 사람과 어울리는 까닭이다. 따라서 좋은 사람을 만나고 싶다면 자신이 먼저 좋은 사람이 되어야 하는 것이다.

우리가 누리는 행복은 크고 많은 것에서보다
작은 것과 적은 곳에 있다.
크고 많은 것만을 원하면
그 욕망을 채울 길이 없다.
작은 것과 적은 곳 속에
삶의 향기인 아름다움과 고마움이 스며 있다.

법정

_ 가난을 건너는 법

행복이란 향기

자신이
행복하다고 믿는 사람은
별것 아닌 것에도
감동하고 행복해한다

그러나
자신이 불행하다고 여기는 사람은
차고 넘치도록 쌓아두고도
불평불만을 쏟아낸다

무릇 행복은
크고 차고 넘치는 것에서가 아니라
보잘것없는 작고 적은 것에 스며 있나니
눈높이를 반 뼘만 낮추어라

보이지 않던 것이 보이게 되고
그것으로부터
맑고 향기로운 행복을 얻게 될 것이다

행복하다고 말하는 사람들은 작고 소소한 것에서 행복을 느낀다. 작고 소소한 것은 크고 높고 우뚝한 것보다 쉽게 접하게 된다. 그런 까닭에 작고 소소한 것에서 느끼는 행복이 더 큰 것이다. 진정으로 행복하고 싶다면 작고 소소한 것에서 행복을 느끼는 사람이 되라.

쇠에서 생긴 녹이
쇠 자체를 못 쓰게 만든다.

법정

_ 산천초목에 가을이 내린다

인생의 녹

녹은
쇠를 갉아먹고
쇠를 무용지물로 만든다

사람 또한 그러하니
탐욕은 그 사람을 구렁텅이에 빠지게 하여
절망으로 몰아넣는다

탐욕은 인생의 녹이다

온전한 나로 살고 싶은가

그렇다면 주저 없이 탐욕을 내려놓아,

인생에 녹이 끼지 않게 하라

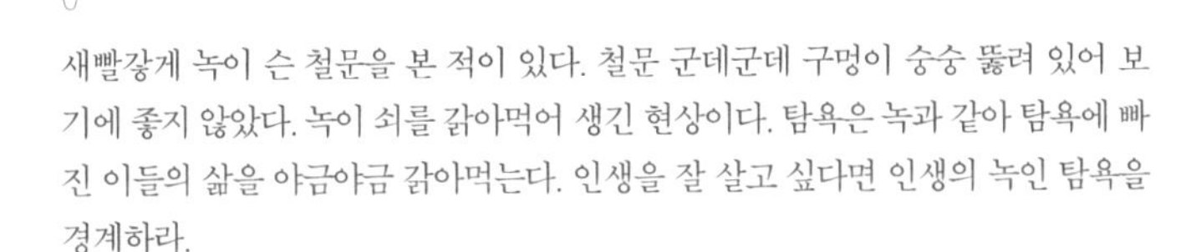

새빨갛게 녹이 슨 철문을 본 적이 있다. 철문 군데군데 구멍이 숭숭 뚫려 있어 보기에 좋지 않았다. 녹이 쇠를 갉아먹어 생긴 현상이다. 탐욕은 녹과 같아 탐욕에 빠진 이들의 삶을 야금야금 갉아먹는다. 인생을 잘 살고 싶다면 인생의 녹인 탐욕을 경계하라.

안으로 살피는 일에 소홀하면
기계적인 무표정한 인간으로 굳어지기 쉽고,
동물적인 속성만 덕지덕지 쌓여 가면서
삶의 전체적인 리듬을 잃게 된다.

법정

_ 너는 네 세상 어디에 있는가

즐거워하고 즐거워하라

사는 즐거움을 모르면
그 인생이 얼마나 무료할까

사는 기쁨을 알지 못하면
그 삶이 얼마나 숨이 막힐까

즐기면서 살 때
인생은 더욱 찬란하게 피어나고

기쁨을 누리며 살 때
삶은 더욱 깊어지고 무르익어 가리니

날마다 안으로 살펴 잘못된 것은 고치고
즐거운 일이 없어도 기꺼이 즐거운 일을 만들고
기쁜 일이 없어도 기쁜 일을 만들어야 한다

자신을 밝게 하고 즐겁게 하고
기쁘게 하는 것은
결국 자기 몫임을 잊지 말아야 할지니라

사람들은 겉으로 보이는 모습은 꾸미면서도 정작 자신을 살피는 일엔 소홀히 한다. 안으로 자신을 살펴 잘못은 반성하고, 자신을 즐겁게 해야 한다. 자신을 즐겁게 해야 기쁜 일도 좋은 일도 생기는 법이다.

자기 관리를 제대로 하려면
바깥 소리에 팔릴 게 아니라
자신의 소리에 귀를 기울여야 한다.
진정한 스승은 밖에 있지 않고
내 안에 깃들여 있다.

법정

_자기 관리

앎이라는 꽃

나무가 가끔
몸을 흔드는 때가 있는데
자기 안의 음성을 들을 때이다

나무줄기가 무성하고
나뭇잎이 짙은 녹색을 띠는 건
자신의 내면이 충만히 차올라서이다

우리 또한 저마다
자기 내면의 소리를 들을 수 있어야 한다

자신의 내면을
들을 수 있는 귀가 열리고
그것을 안으로 새겨
실행에 옮길 수 있다면
가슴은 충만함으로 넘쳐나게 된다

진리는 몸 밖에 있기도 하지만
진정한 진리는
스스로 들을 수 있을 때만이
자신의 몸에 '앎'이란 꽃을 피우게 된다

자신의 내면에서 들려오는 소리를 듣기 위해서는 마음을 맑고 깨끗하게 해야 한다. 마음에 먼지가 끼면 내면의 소리를 듣지 못하기 때문이다. 자기 내면의 소리를 듣기 위해서는 스스로 자신의 스승이 되어야 한다.

오늘의 문명은 머리만 믿고,
그 머리의 회전만을 과신한 나머지
가슴을 잃어가고 있다.
중심에서 벗어나 크게 흔들리고 있다.
가슴이 식어버린 문명은 그 자체가 병든 것이다.

법정

_ 그 산중에 무엇이 있는가

파멸의 독毒

세상은
점점 편리하게 진화하고 있다

문명은 하루가 멀다 하고
편리함의 이기利器를 낳아 놓는다

사람들은 문명의 이기에 열광하고
자기도 모르게 중독되어
더 편리한 이기를 요구한다

그로 인해 인간의 머리는
최적화된 인공지능처럼 기계적으로 움직이고
뜨거운 피가 흐르는 가슴은
차디차게 식어 점점 더 굳어져 간다

그런데도 사람들은
더 나은 문명의 이기를 끊임없이 요구한다

필요악必要惡이 된 문명은
더 이상 문명이 아니다

그것은 사람들을 파멸시키는 독毒일 뿐이다

문명의 이기는 사람들에게 편리함을 주지만, 그 반면에 사람들을 구속하고 사람다움을 잃게 한다. 가슴을 잃게 하는 문명의 교활함에 미혹되지 마라. 그것은 사람들을 파괴시키는 파멸의 독임을 명심하라.

행복이란
가슴속에 사랑을 채움으로써 오고,
신뢰와 희망으로부터 오고,
따뜻한 마음을 나누는 데서 움이 튼다.

법정

_ 사람과 사람 사이

사는 일이 기쁨이 되게 하라

물질로써 얻은 행복은
물질이 떠나가면 불행에 이르고,

쾌락에서 얻은 행복은
쾌락이 멈추는 순간
절망과 허무의 늪에 갇히게 된다

그러나 사랑으로 가슴을 채우면
행복은 지금보다 더 풍요로운 행복을

그 가슴에 차곡차곡 채워 준다

물질과 쾌락은 순간적 행복이지만
서로 믿고 마음을 나누는
사랑에서 오는 행복은
오래도록 곁에 머물며 기쁨이 되게 한다

그대여,
사는 일이 기쁨이 되게 하라

삶을 즐겁게 사는 사람들은 사랑의 정서가 풍부하다. 그래서 주변 사람들에게 기쁨을 주고 행복하게 한다. 이처럼 사는 일이 기쁨이 되어야 한다. 행복하고 싶은가. 그렇다면 가슴을 사랑으로 채워 사람들과 따뜻하게 소통하라.

2부

아름다운 사람

단순하게 살아야 한다.
복잡하거나 모순되게 살지 말고
안으로 자기 자신을 들여다보면서
단순하게 살아야 한다.
단순한 삶이 본질적인 삶이다.

법정

_ 안으로 귀 기울이기

본질적인 삶

마음이 복잡한 사람은
그 복잡함으로
오히려 모순적인 삶을 살게 된다

삶이 복잡하다는 것은
마음이 단단히 여물지 못해
허튼 것에 더 마음을 쓰기 때문이다

그러나 마음이 단단히 여문 사람은

허튼 것으로부터 멀리하게 됨으로써
그 속에 참마음을 갖고 산다

헛되이 살고 싶지 않다면
최대한 자신을 단순화시켜라

단순한 마음으로도
자신을 참되게 할 수 있다면
삶의 모순으로부터 벗어나
궁극적인 삶의 본질에 이르게 될 것이다

생각을 단순화할수록 삶의 본질에서 벗어나지 않게 된다. 생각을 단순화시키면 삶을 복잡하게 만들지 않기 때문이다. 복잡한 생각은 모순을 만드나니, 자신을 단순화하라. 그럼으로써 본질적인 삶을 추구하라.

만약 변함이 없이
한 자리에 고정되어 있다면
그것은 곧 숨이 멎은 죽음이다.
살아 있는 것은 끝없이 변하면서
거듭거듭 형성되어 간다.

법정

_ 새벽 달빛 아래서

오늘과 다른 나를 살고 싶다면

저 굽이쳐 흐르는 강물을 보라
그 얼마나 역동적인가

저 샘솟는 물을 보라
그 얼마나 맑고 투명한가

흐르는 물은 생명을 품고 있어
사람도 나무도 꽃도 풀도
이 땅 위에 숨 쉬는

모든 것들을 새롭게 거듭나게 한다

세상의 모든 새로운 것들은
끊임없이 변화를 멈추지 않듯,

오늘과 다른 나를 살고 싶다면
물처럼 흐르면서 새로워져야 한다

물은 고이면 썩는다. 썩은 물에서는 생명이 자랄 수 없다. 물은 흘러야 한다. 끊임없이 흘러야 새로운 생명을 탄생시킨다. 자신을 썩은 물처럼 되게 하지 마라. 흐르는 물처럼 끊임없이 자신을 가꿔 새롭게 하라.

돈이란 우리들 마음이
평온하고 기쁨으로 차 있을 때,
우리가 하는 일이 사회적으로도 떳떳하고 즐거울 때,
자연스럽게 따라오는 에너지와 같은 것이다.
따라서 돈을 수량적인 단위로만 보지 말고
좋은 일과 좋은 생각에 따라다니는 우주의 흐름,
즉 에너지의 흐름으로 볼 수 있어야 한다.

법정

_ 새벽 달빛 아래서

우주의 에너지

돈을 돈으로만 보면
돈은 오직 돈으로 보일 뿐이다

그러나 어떤 일에
어떻게 쓰이냐에 따라,

돈은 기쁨이 되기도 하고
꿈과 희망의 튼실한 뿌리가 되기도 한다

단지,

돈을 부피로만 보지 마라

돈을 세상의 꽃이 되게 하라

돈을 세상의 꽃이 되게 하려면

생산적이며 좋은 곳에 쓰이는

우주의 에너지가 되게 해야 한다

같은 돈도 어떻게 쓰느냐에 따라 천금이 되기도, 썩은 냄새나는 것이 되기도 한다. 돈을 천금이 되게 하려면 희망적인 곳에 쓰고, 좋은 일에 써야 한다. 돈을 가치 있는 세상의 꽃이 되게 하라.

우리가 세상을 살아가면서
가장 기쁜 일이 있을 때,
혹은 가장 고통스러울 때,
그 기쁨과 고통을 함께 나눌 수 있는
그런 사이가 좋은 인간관계다.

법정

_ 사람과 사람 사이

아름다운 사람

기쁨을

함께 나누는 사람이 되라

고통을

함께 짊어지는 사람이 되라

꿈을

함께 공유하고 꽃피우는 사람이 되라

당신을 그런 사람을 가졌는가

그런 사람을 곁에 두었다는 것만으로도
당신은 정녕,

아름다운 사람이다

지금 이 순간 나는 '아름다운 사람'인가를 생각해 보라. 아름다운 사람이라 생각되면 인생을 잘 살고 있다는 방증이다. 그렇지 않다면 사람들과 사회에 꼭 필요한 사람이 되도록 최선을 다하라.

어떠한 시련과 고통일지라도
그것에 의미를 부여한다면,
그 시련과 고통을 능히 이겨낼 수 있는
지혜와 용기가 솟아난다.
그러나 그 시련과 고통 앞에
좌절하고 만다면 내일이 없다.

법정

_ 비닐봉지 속의 꽃

숙명의 기회

인생을 살아가는 동안
그 어느 누구도
시련의 숲과 고통의 강을 피해 갈 순 없다

어떤 사람에게 시련과 고통은
거추장스런 짐일 뿐이다

하지만 또 다른 사람에게는
지금이란 고난의 장벽을 뛰어넘는

숙명의 기회가 되기도 한다

충만한 내일을 원하는가

그렇다면
어떤 시련의 숲과 고통의 강 앞에서도
주저하거나
절대 흔들리지 마라

인생을 살아가면서 누구나 고통과 시련을 만나게 된다. 이 고통과 시련을 이겨내면 밝은 내일이 맞아 주지만, 그렇지 않으면 고통스러운 시련의 날이 지속될 것이다. 고통과 시련을 극복하고 생산적인 인생을 사는 당신이 되라.

실패와 좌절은
새로운 도약과 전진을 가져오기 위해
딛고 일어서야 할 디딤돌이다.

법정

_ 오두막 편지

환희의 꽃

실패를 겁내지 마라
좌절을 슬퍼하지 마라
실패는 도약을 위한 엔진이 되게 하라
좌절은 전진을 위한 디딤돌로 삼아라

모든 성공은 실패를 딛고

좌절의 아픔을 견디고 피어올린

오, 오,

눈이 부시도록 해맑은 환희의 꽃이니라

동서고금을 막론하고 성공적인 인생을 사는 사람들 중에 실패와 좌절을 겪지 않은 사람은 없다. 대개는 다 실패와 좌절을 겪었다. 하지만 그들은 자신을 포기하지 않았기에 성공할 수 있었다. 실패를 만나도 좌절하지 말고 끝까지 하라. 그것이 인생을 성공으로 이끄는 최선의 비결이다.

우리들의 삶에는
이렇듯 허상과 실상이 겹쳐 있다.
사물을 보되
어느 한쪽이나 부분만이 아니라
전체를 볼 수 있어야 한다.

법정

_ 섬진 윗마을의 매화

넓고 크고 깊게 보라

헛된 것에 마음 두지 마라

볼 것만 바라보라

치우쳐 보거나 부분적으로 보는 것을 경계하라

넓고 크고 깊게 보라

패악으로부터 미혹迷惑됨을 조심하라

하나로써 모든 것을 꿰뚫을 수 있는

진실을 볼 수 있는 눈,

전체를 볼 수 있는 눈을 가져야 하느니라

일이관지一以貫之, 하나의 이치로써 모든 것을 꿰뚫어야 한다. 그러기 위해서는 헛된 것에 마음을 두지 말고 진실을 볼 수 있어야 한다. 전체를 보기 위해서는 넓고 크고 깊게 보라.

누가 시키거나 참견하지 않아도
스스로 알아서 물러설 줄 아는 이 오묘한 질서,
이게 바로 어김없는 자연의 조화다.
대립하거나 어긋남이 없이
서로 균형을 잘 이루는 우주의 조화다.

법정

_ 모두 다 사라진 것은 아닌 달에

위대한 자연

물은 높은 데서 낮은 데로 흐르고
흐르다 막히면 멈췄다가
물이 쌓이면 벽을 타고 다시 흐르고
작은 틈이 있으면 틈 사이로 흐른다

해는 아침이면 동쪽에서 떠오르고
저녁이 되면 서쪽으로 자취를 감추었다
다음날 아침이면 어김없이 떠오른다

천지만물 모두는 저마다의 길이 있고
저마다의 숨결로 저마다의 삶을 지향한다

우주가 한 치의 어긋남이 없는 건
그 속에 존재하는 만물이
순리에 따라 제 몫을 다하기 때문이다

자연의 위대함은 인위人爲를 가하지 않은
일사불란한 천지만물의 무위無爲에 있음이다

물은 순리에 따라 흐르고, 멈췄다가 다시 흐르는 위대한 자연이다. 그러는 과정에서 무수한 생명을 피어낸다. 우리 또한 물처럼 순리에 따라 살아야 한다. 그것이 우주가 조화롭듯 삶을 조화롭게 하는 일인 것이다.

차를 건성으로 마시지 말라.
차밭에서 한 잎 한 잎 따서 정성을 다해 만든
그 공을 생각하며 마셔야 한다.
그래야 한 잔의 차를 통해 우리 산천이 지닌
그 맛과 향기와 빛깔도 함께
음미할 수 있을 것이다.

법정

_화개동에서 햇차를 맛보다

감사하며 산다는 것은

한 잔의 차를 마셔도
경건한 마음으로 감사하며 마셔라
차를 재배하는 이들의 수고와
제 몸을 아낌없이 내어 준 땅과
햇빛과 공기와 비의 헌신에
정성을 다해 감사하고 감사하라
감사하며 산다는 것은 스스로를 행복하게 하는
높고 정결한 축복의 의식儀式이니라

가만히 생각해 보라. 이 세상에서 감사하지 않은 것이 무엇인지를. 저 푸른 하늘과 맑은 공기, 따뜻한 햇살과 비, 나무와 꽃, 우리가 매일 마시는 한 잔의 차 그리고 일용할 양식 등 모두가 고맙고 감사하지 않은가. 감사하라, 오늘 이 자리에 있음을. 감사는 자신의 삶에 대한 예의이다.

부드러운 것이
결과적으로는 강한 것이고
따라서 설득력을 지닌다.

법정

_ 화전민의 오두막에서

부드러움의 참의미

풀은 한없이 연약하지만
태풍 속에서도 의연히 자신을 지켜낸다

물은 부드럽지만
한순간에 대지를 쑥대밭으로 만든다

하지만 태풍에
거대한 아름드리나무가 뿌리째 뽑히고
전봇대가 부러지고

콘크리트 다리가 무너져 내린다

진실로 강한 것은 단단한 것이 아니다

한없이 부드러운 것은
제 몸을 굽혀 강한 것을 이겨낸다

사람 또한 이와 같나니
자신을 내려놓을 줄 아는 사람이
진실로 강한 사람이다

바위도 작은 물방울에 의해 패이고, 울퉁불퉁한 돌도 물결에 닳아 매끄럽고 동글동글한 몽돌이 된다. 이처럼 부드럽다는 것은 강한 것이다. 사람도 마찬가지다. 부드러운 사람이 강하나니, 자신을 낮춰 겸허히 하라. 겸허한 사람에게는 적이 없다.

무가치한 일에
시간과 정력을 낭비하는 것은
스스로 자신의 소중한 삶을 쓰레기 더미에
내던져 버리는 거나 다름이 없다.

법정

_ 개울가에서

스스로를 낭비한다는 것은

불필요한 것에

자신을 헛되이 낭비하지 마라

스스로를 낭비하는 것은

스스로를 멸시하는 것과 같나니

촌음寸陰이라도 제 몸 같이 여겨야 한다

무릇,

제게 주어진 시간일지라도

그것은 우주 만물 모두의 시간인 것이다

시간을 낭비하는 것은 자신의 인생을 갉아먹는 일이다. 또한 자신의 인생을 도둑질하는 것과 같다. 시간을 잘 쓰면 인생을 참되게 하고, 시간을 낭비하면 인생을 욕되게 한다. 시간은 인생의 러닝메이트이다.

홀로 있는 시간은
참으로 가치 있는 삶이다.
홀로 있는 시간을 갖도록 하라.

법정

_ 당신은 지금 어디로 가고 있는가

침묵에 들라

침묵은 금과 같고 은과 같나니
홀로 있어 침묵에 들라

침묵에 듦으로써 안 들리던 소리를 듣게 되고
안 보이던 길이 보일지니
홀로 있음은 정녕 홀로가 아닌 것을

보라,

저 엄숙한 홀로 있음의 고요함을

그대 또한 시시때때로 홀로 침묵에 들라

요즘처럼 시끄러운 세상은 일찍이 없었다. 현대문명의 이기는 사람들을 편리하게 했지만, 도리어 소통을 단절시키고 비판과 욕설을 난무하게 한다. 이럴 때 침묵에 듦으로써 마음을 다스려야 한다. 침묵에 들면 마음이 평온해지고 안 보이던 길이 보인다. 그 길은 나를 올곧게 세우는 심덕心德의 길이다.

자신의 빛깔을 지니고
진정으로 자기 자신답게 살아가려는 사람들은
무엇보다도 먼저
자신의 삶을 남과 비교하지 말아야 한다.
현재의 자기 처지와 이웃의 처지를 견주는 것은
무의미한 짓이다.

법정

_ 남의 삶과 비교하지 마라

인간의 근본이자 목적

사과는 사과의 향기를 품고 있어
사과라 일컬음을 받음이며,
모과는 모과의 향기를 품고 있어
모과라 일컬어 말함이니,

제 목소리로 말하고 소리 높여 노래하라
자기다움의 빛과 향기를 갖는 것이야말로
인간의 근본이자 목적인 것이다

자기답게 사는 것은 새벽어둠을 뚫고 떠오르는 태양과 같이 자신을 빛나게 하는 일이다. 이름을 남기고 싶다면 자기만의 색깔을 가져라.

그리움이 따르지 않는 만남은
지극히 사무적인 마주침이거나
일상적인 스치고 지나감이다.
마주침과 스치고 지나감에는 영혼에 메아리가 없다.
영혼에 메아리가 없으면 만나도 만난 것이 아니다.

법정

_ 화전민 오두막에서

그리워하고 그리워하라

그리움을 품은 가슴은
향기로운 사랑으로 가득하다

그리움에 잠긴 눈은
이른 아침 맑은 이슬처럼 영롱하다

그리움은
사랑을 향한 뜨거운 정열
목메게 사무친 보고픈 마음

그대여,

아름다운 만남과 사랑을 꿈꾼다면

사랑하는 이를

못 견디게 그리워하고 그리워하라

사람은 그리움의 동물이다. 그래서 사람은 끊임없이 그리워하고 그리워한다. 이 그리움은 소모적인 것이 아닌, 생산적이고 인간애적인 것이다. 즉 그리움은 사랑의 속성인 것이다. 그런 까닭에 그리움이 깊으면 사랑 또한 깊어지는 것이다.

모든 길과 소통을 가지려면
그 어떤 길에도 매여 있지 말아야 한다.
중요한 것은
안락한 삶이 아니라 충만한 삶이다.

법정

_ 생각을 씨앗으로 묻으라

충만한 삶

길이 길인 것은
막힘이 없이 열려 있기 때문이다

길은 길로 이어지듯
사람 또한 사람으로 이어지는 것

그 어디에도 매이지 마라

그 어디에도 미련 두지 마라

안락함에 길들여지고
무엇에든 미련 둔다는 것은
막힘과 매임 같나니,

스스로를 만족하게 하는 충만한 삶을 살라

사람은 무엇에든 매임으로써 안락함을 추구하려는 경향이 있다. 그런데 문제는 매임은 스스로를 억압하는 일이라는 것이다. 처음 얼마간은 그것을 즐기게 된다. 그러나 시간이 흐를수록 정체됨과 답답함을 느끼게 될 것이다. 그것이 무엇이든 매임을 경계하라.

사람은 누구나
신령스런 영혼을 지니고 있다.
우리가 거칠고 험난한 세상에서 살지라도
맑고 환한 그 영성에 귀를 기울일 줄 안다면
그릇된 길에 헛눈을 팔지 않을 것이다.

법정

_ 생각을 씨앗으로 묻으라

밝고 맑게 하라

그 어떤 상황에서도
흔들리지 않기 위해서는
저 내면의 깊고 깊은 곳으로부터 들려오는
맑고 밝은 소리에 귀 기울여라

마음이 칙칙하고 어두우면
행함 또한 거칠고 사리 분별에 둔감해지나니
헛된 길에 유혹되지 않길 바란다면
마음의 어둠을 경계하고 스스로를 밝고 맑게 하라

마음이 어두우면 사리 분별력이 떨어져 헛된 길에 빠지게 된다. 이를 경계하기 위해서는 마음을 밝고 맑게 해야 한다. 마음이 밝고 맑으면 사물을 보는 눈이 뚜렷해짐으로써 헛된 길에서 벗어나 바른 길로 이르게 된다.

젊고 늙음은
육신의 나이와는 별로 상관이 없는 것 같다.
사실 깨어 있는 영혼에는
세월이 스며들지 못한다.

법정

_ 묵은 편지 속에서

늘 깨어 있으라

육신의 나이는

몸을 병들고 늙게 하나

영혼의 푸른 나이는

나이와 무관하게 인생을 푸르게 한다

육신의 나이는 세월을 따르나

영혼의 푸른 나이는 천리天理를 따르는 까닭이다

진실로 행복하길 바란다면

네 영혼을 늘 깨어 있게 하라

사람에게는 두 가지 형태의 나이가 있다. 하나는 육신의 나이, 또 하나는 영혼의 나이다. 육신의 나이는 세월의 법칙을 쫓아 몸을 늙게 하나, 영혼의 나이는 하늘의 뜻을 따름으로써 나이가 들어도 청춘의 마음으로 산다. 영혼의 나이를 푸르게 하라.

삶을 마치 소유물처럼 생각하기 때문에
우리는 그 소멸을 두려워한다.
그러나 삶은 소유물이 아니라
순간순간의 있음이다.

법정

_ 낙엽은 뿌리로 돌아간다

삶

지금 이 순간 사랑하라

지금 이 순간 행복하라

지금 이 순간 하고 싶은 것을 하라

지금 이 순간 가고 싶은 곳을 가라

지금 이 순간 맘껏 즐거워하라

삶은 순간순간이다
지금 이 순간은 다시 오지 않는다
지금 이 순간 후회 없이 사랑하고 행복하라

세월은 저장해 두었다가 필요할 때 꺼낼 수 있는 것이 아니다. 지금 이 순간은 한 번 지나면 이미 사라지고 없다. 후회 없는 인생을 살고 싶다면 지금 이 순간 자신이 하고 싶은 것에 매진하라.

3부

삶의 별이 빛날 때

집 자체는 여러 가지 자재로 엮어진
한낱 건축물에 지나지 않지만,
그 안에 사람이 살면
비로소 집다운 집이 된다.

법정

_ 낙엽은 뿌리로 돌아간다

사람과 집

사람의 온기로
가득 찬 집은 따뜻하다

사람의 숨결로
가득 찬 집은 생명이 넘친다

사람의 미소로
가득 찬 집은 즐거움이 충만하다

사람과 집은 서로를 닮았다

그래서 따뜻한 마음을
품고 사는 사람들의 집은
언제나 사랑과 행복이 끊이질 않는다

어둠이 내리고 집집마다 불이 켜지면 마치 집집마다 꽃이 피어나는 듯 불빛으로 가득하다. 그리고 집이 온기를 품은 듯 따뜻하게 느껴진다. 집은 누가 사느냐에 따라 그 느낌이 사뭇 다르다. 사철 온기가 느껴지는 집, 그리고 온기를 풍기는 사람이 되라.

우리들이 어두운 생각에 갇혀서 살면
우리들의 삶이 어두워진다.
나쁜 음식, 나쁜 약, 나쁜 공기, 나쁜 소리,
나쁜 생활 습관은 나쁜 피를 만든다.
나쁜 피는 또한 나쁜 세포와 나쁜 몸과
나쁜 생각과 나쁜 행동을 낳게 마련이다.
어떤 현상이든지 우리가 불러들이기 때문에 찾아온다.

법정

_ 살아 있는 것은 다 한 목숨이다

바라는 대로 말하고 생각하라

좋은 생각만 하기에도
인생은 짧다

즐거운 생각만 하기에도
인생은 더없이 짧다

긍정적인 말만 하기에도
인생은 짧고 짧다

나쁜 생각, 슬픈 생각,

부정적인 말은 모두 거둬내고,

좋은 생각, 즐거운 생각, 긍정적인 말로

몸과 마음을 가득 차게 하라

지금,

자신이 하는 생각이 그대 자신이 되게 하라

무엇이든 말하는 대로 된다. 생각이 그 사람의 몸과 마음을 지배하기 때문이다. 좋은 생각만 하고 좋은 말을 하고 행동하라. 그러면 좋은 에너지가 몸과 마음을 지배해 즐겁고 행복한 삶을 살게 된다.

살아 있는 모든 것은
다 한 목숨이라는
우주 생명의 원리를 믿고 의지하라.
남을 해치는 일이 곧
자신을 파멸로 이끈다는 사실을 알고,
어떤 유혹에서도 넘어짐이 없이
사람의 자리를 지키라.

법정

_ 살아 있는 것은 다 한 목숨이다

사람이 사람인 것은

사람이 사람인 것은
사람의 형상을 갖추어서가 아니라
사람답게 생각하고
사람답게 행동하기 때문이다
지금 있는 그 자리가
지금 하고 있는 그 일이
너와 나 모두에게 사람의 도리가 되고
사람 사는 즐거움이 되게 하라

사람의 형상을 했다고 해서 사람이 아니다. 사람답게 행동하고 사람의 도리를 하며 살아야 사람인 것이다. 살아 있는 모든 것들은 우주 안에서는 하나로 연결된 생명의 존재이다. 그래서 남의 생명을 소중히 해야 자신도 소중하게 된다.

자신의 주관을 지니고
사람답게 살려고 하는 사람은
누구나 자기 스스로 발견한 길을 가야 한다.
그래서 자기 자신의 꽃을 피워야 한다.

법정

_ 자연의 소리에 귀 기울이라

너만의 꽃

백합은 백합으로 피어나고
목련은 목련으로 피어나고
무화과는 무화과로 피어나듯

너는
그 어디에도 미혹되지 말고
너만의 생각으로
너의 굳은 심지心志로,

푸르고 맑고 향기로운

풋풋한 너만의 꽃을 피워라

그래서 너만의 향기를

네가 사랑하는 사람들과

너를 필요로 하는 사람들에게

미련 두지 말고 아낌없이 나눠주어라

자신만의 인생의 꽃을 피우기 위해서는 그 어디에도 미혹되지 말고 자신만의 길을 가야 한다. 어디에도 동요되지 않는 생각으로, 자신의 굳은 심지로 자신만의 길을 가라. 그래서 자신만의 꽃을 피워 향기를 나눠주어라.

나쁜 벗은 자신만이 아니라
남의 영역에 폐를 끼치는 사람이다.
자기 것은 금쪽처럼 인색하도록 아끼면서
남의 것에 눈독을 들이고,
손해를 끼치고도 아무렇지도 않게 생각하는
뻔뻔스런 사람이다.

법정

_ 어진 이를 가까이 하라

악의 꽃

마음을 어지럽히는 자
나쁜 길로 빠지게 하는 자
물질의 손해를 끼치고 해악을 일삼는 자
무절제하고 무분별하며 심지가 굳지 않은 자
게으르고 탐욕으로 가득한 자

이런 자는 절대 친구로 두지 마라
이런 자는 자신도 친구도
파멸로 이끄는 악의 꽃이다

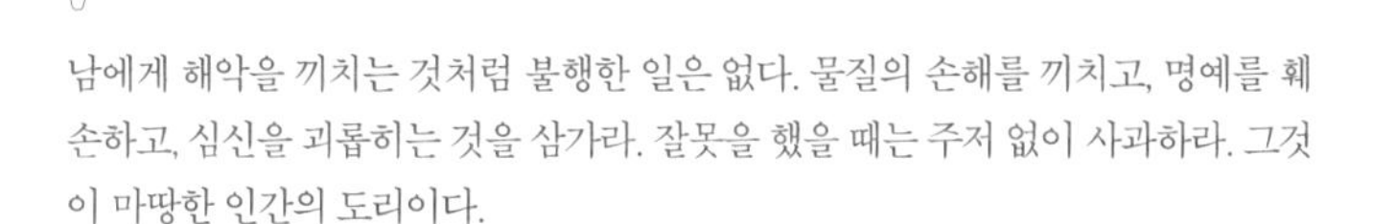

남에게 해악을 끼치는 것처럼 불행한 일은 없다. 물질의 손해를 끼치고, 명예를 훼손하고, 심신을 괴롭히는 것을 삼가라. 잘못을 했을 때는 주저 없이 사과하라. 그것이 마땅한 인간의 도리이다.

돈이나 물건은
절대로 혼자서 찾아오는 법이 없다.
돈과 물건이 들어오면 거기에는
반드시 탐욕이라는 친구가 함께 따라온다.
탐욕은 모든 악의 뿌리다.

법정

_ 소유의 굴레

죄罪의 사슬

물질이 있는 곳엔

죄가 날카로운 눈을 번뜩이며 도사리고

악이 거짓 웃음을 지으며

사람들을 미혹에 빠지게 한다

물질은 탐욕을 부르고

탐욕은 죄를 낳나니

네 가슴속에 도사리고 있는 탐욕을 내려놓아라

그 순간,

죄의 사슬로부터 자유케 되리라

탐욕은 물질이든, 명예든, 사랑이든, 지위든 모든 것에 있어 죄의 근본이다. 그래서 탐욕이 있는 곳에는 죄가 끊이질 않는다. 사슬처럼 연결된 이 탐욕을 끊어버리기 위해서 마음으로부터 탐욕을 내려놓아라. 그러면 죄의 사슬로부터 벗어나 진정한 자유를 누리게 될 것이다.

피어 있는 것만이 꽃이 아니라
지는 것 또한 꽃이다.
그렇기 때문에 꽃은 필 때도 아름다워야 하지만
질 때도 고와야 한다.
지는 꽃도 꽃이기 때문이다.

법정

_ 크게 버려야 크게 얻는다

꽃

꽃은 예뻐야 꽃이다

꽃은 향기로워야 꽃이다

꽃은 필 때나

피어 있는 동안이나 질 때나

꽃다움을 잃지 않아야 한다

꽃이 사랑받는 것은 향기를 품고 예뻐서다
꽃은 언제나 향기로워야 꽃이다
꽃은 언제나 예뻐야 꽃이다

꽃이 사랑받는 것은 예쁘고 좋은 향기를 품고 있어서다. 이처럼 예쁜 꽃도 필 때와 질 땐 너무도 차이가 분명하다. 필 때는 예쁘지만, 질 땐 생기를 잃어 시들하다. 사람 또한 마찬가지다. 그래서 사람이나 꽃은 질 때도 아름다워야 한다.

크게 버릴 줄 아는 사람만이
크게 얻을 수 있다.

법정

_ 크게 버려야 크게 얻는다

산을 닮은 사람

산은 수만 가지 꽃을 피우고
산은 수만 가지 열매를 맺고
산은 수만 가지 약초를 키워
주저하지 않고 아낌없이 다 내어 준다

그러고도 산은 또
새 봄이 오면 더 많은 꽃을 피우고
더 많은 열매를 맺고
더 많은 약초를 키워낸다

산은 아낌없이 다 내어 줌으로써
더 많은 것으로
자신을 아름답게 가꾸듯,

아낌없이 내어 주는 자가
더 큰
사랑과 행복을 누리는 것 또한,

넉넉한 산을 닮아서이다

산은 인간에게 유익을 주는 대표적인 자연이다. 나무를 기르고 숲을 가꿔 맑은 공기를 주고, 갖가지 열매와 나물을 주고, 온갖 동물들을 길러낸다. 산처럼 넉넉하고 베풀 줄 아는 사람이 더 큰 행복을 누리게 된다. 산처럼 넉넉한 사람이 되라.

있어도 그만이고
없어도 그만인 시들한 존재가 아니라,
이 세상에 없어서는 안 될
그때 그 자리에 반드시 있어야 할
뚜렷한 존재로 떠오른다.

법정

_ 자연은 커다란 생명체다

빛나는 사람

존재함으로써 사랑받는 자가 되라
존재함으로써 맘껏 행복한 자가 되라
존재함으로써 오래도록 기억되는 사람이 되라
존재하는 것이 큰 축복이 되게 하라

존재하는 것만으로도 만나는 이 누구에게나
큰 즐거움을 주고 기쁨이 되는 자가 되라
존재함으로써,
존재하는 자체만으로도 빛나는 사람이 되라

어느 곳, 어느 자리에서나 꼭 필요한 사람이 된다는 것은 참으로 행복하고 유쾌한 일이다. 그것은 누구에게나 인정받는 참으로 기쁘고 감사한 일이기 때문이다. 존재하는 것만으로도 의미가 되고, 축복받는 사람이 되라.

충만된 삶을 살고 싶거든
자신의 목소리에 귀를 기울이라.
자신의 명예나 지위나 학벌에 갇히지 말고
또 타인의 영역을 기웃거리지도 말고
있는 그대로 살 줄을 알아야 한다.
있는 그대로 살면서
다른 사람을 흉내 내지 않는 사람이야말로
자신의 빛깔과 품위를 지닌 온전한 사람이다.

법정

_ 반바지 차림이 넘친다

오직 한 사람

자신만의 목소리를 가져라
자신만의 사상과 철학을 가져라
자신만의 색깔과 개성을 가져라
남의 것을 부러워하여 탐하지 마라
남의 것을 흉내 내어 따르지 마라
그 어디에도 없고 그 누구도 아닌
이 세상에 단 한 사람,
오직 그 한 사람인
자신의, 자신에 의한, 자신을 위한 길을 가라

이 세상에 오직 한 사람인 나, 그 누구도 아닌 나로 산다는 것은 거룩한 축복이다. 남의 것을 애써 흉내 내지 말고, 남의 것에 관심을 기울이기보단 스스로에게 열정을 바쳐라. 자기만의 삶을 살아라.

서걱이는 바람결은
편지를 쓰고 싶게 만든다.
전화의 목소리보다
편지에 스며 있는 음성이 훨씬 정답다.

법정

_ 가을이 오는 소리

편지

가끔은 사랑하는 이에게
따뜻한 숨결을 담아 편지를 써라

가끔은 고마운 사람들에게
감사한 마음을 담아 편지를 써라

한 자 한 자 써 내려갈 때마다
좋았던 순간을 떠올리며
그리운 마음을 담아

넉넉한 마음을 담아 편지를 써라

편지가
받는 이의 마음을 설레게 하는 것은
보낸 이의 숨결을
고스란히 느끼게 하기 때문이다

그리운 이가 보고플 땐,
고마운 사람들이 생각날 땐,

가끔은
사랑의 숨결과 따뜻한 마음을 담아
설레는 가슴으로
한 자 한 자 꾹꾹 눌러 정성껏 편지를 써라

문명의 이기인 인터넷은 많은 것을 바꾸어 놓았다. 편리함은 그중 하나다. 하지만 그로 인해 인간의 마음은 메마를 대로 메말라만 간다. 메일로 인해 손 편지 쓰는 일이 없어졌다. 그런 만큼 손 편지는 사람들의 감성을 자극시킨다. 가끔은 사람 냄새 나는 손 편지를 써라. 따뜻한 정을 느껴보라.

무슨 일이든지
흥미를 가지고 해야 한다.
그래야 사는 일이 기쁨이 된다.
내가 하는 일 자체가 좋아서 하는 것이지
무엇이 되기 위해서 해서는 안 된다.
좋아서 하는 일은 그대로 충만된 삶이다.

법정

_ 여기 바로 이 자리

그 일이 너의 중심이 되게 하라

좋아서 하는 일이
힘들어도 재밌는 것은
기쁨과 에너지를 주기 때문이다

좋아서 하는 일은
그 자체가 목숨처럼 소중하고
자신의 존재 가치를 느끼게 하는 까닭에
극한 상황에서도 멈추지 않는다

좋아서 하는 일은
별처럼 마음을 반짝이게 한다

못 견디게 좋아서 하는 일을 하라
죽을 만큼 신나서 하는 일을 하라

그 일이 너의 중심이 되게 하라

일은 생활을 영위하는 수단이기도 하지만 자아를 위한, 자신의 존재 가치를 위한 실존적인 행위이다. 일을 단지 돈벌이 수단으로만 여긴다면 먹이를 쫓는 동물적 근성일 뿐이다. 돈을 보고 일하지 말고 좋아서 하는 일을 하라. 그 일이 삶의 중심이 되게 하라.

무슨 인연에서였건 간에
사람과 사람이 마주 대하는 일은 결코
작은 일도 시시한 일도 아니다.
어떤 사람과는 그 눈빛만 보고도
커다란 위로와 평안과 구원을 얻을 수 있다.
다른 한편 두 번 다시 마주치고 싶지 않은
그런 사람도 얼마든지 있다.

법정

_ 온화한 얼굴 상냥한 말씨

그런 사람이 되라

누군가에게 기분 좋은 사람이 되라
누군가에게 의미 있는 인생이 되라
누군가에게 기쁨을 주는 사람이 되라
누군가에게 행복을 주는 사람이 되라
누군가에게 위로와 평안이 되게 하라
누군가에게 만남 자체가 빛이 되게 하라
당신은,
오, 오, 당신은 그런 사람이 되라

하늘의 뭇별같이, 바닷가의 모래같이 수많은 사람들 중에 만남을 이어가는 사람은 보통 인연이 아니다. 인연은 귀한 것이다. 좋은 인연이 찾아오길 기다리지 말고, 먼저 좋은 인연이 되라.

사랑이 우리들의
마음속에서 싹트는 순간
우리는 다시 태어난다.
이것이 우리들의 진정한 탄생이고
생명의 꽃피어남이다.

법정

_ 누가 복을 주고 벌을 주는가

사랑

사랑이 모든 것을 가능하게 하고
서로의 가슴에 숨결이 되어
목련보다 환한 꽃으로 피어나는 것은

그 속에 물결보다도 고운 생명의 피가
뜨겁게 뜨겁게 살아 흐르기 때문이다

사랑함으로써 우리는 생명의 꽃이 되고
사랑함으로써 우리는 빛나는 존재가 된다

목숨 바쳐 사랑하라
두 번 다시는 사랑할 수 없을 것처럼

사랑하고 또 사랑하라
한 번도 불행한 적이 없었던 것처럼

사랑! 언제 들어도 가슴을 촉촉이 적시는 말, 언제 들어도 가슴을 설레게 하는 말, 사랑. 사랑이 있어 세상은 생명이 넘치고 아름답다. 사랑하는 사람을 사랑하라, 한 번도 슬프지 않았던 것처럼. 사랑함으로써 생명을 꽃피워라.

우리가 참으로 남의 말을 들으려면,
무엇으로도 거르지 않고
허심탄회한 빈 마음으로
있는 그대로를 받아들여야 한다.

법정

_ 운판 이야기

마음의 통로

남의 말을
귀 기울여 듣는다는 것은
그 사람에 대한 존중의 빛이다

사람은 누구나 자신의 말에
귀 기울여 주는 사람에게
믿음과 신뢰를 갖게 되나니,

남의 말을
온전히 받아들이기 위해서는
마음을 비우고 그대로 받아들여라

말은 그 사람과
나와의 생각을 이어주는 마음의 통로

서로의 마음이 막히지 않게
진실로 말과 말이 통하게 하라

말은 자신의 생각을 상대에게 전함으로써 자신이 원하는 것을 얻게 하는 수단이다. 그래서 말을 할 땐 최대한 진정성과 예의를 갖춰야 한다. 말은 단지 말이 아니다. 마음과 마음을 이어주는 통로인 것이다. 말과 말이 통하게 하라.

우리에게 주어진
여가와 휴식을 어떻게 보내느냐는
각자의 생활 태도와
삶의 양식에 직결된다.

법정

_ 단순하고 간소한 삶

인생의 골드타임

기계도 때때로 쉬게 하고 점검하여
이상이 없게 하듯,

사람도 때때로
삶에 지친 몸과 마음을 쉬게 해야 하리니

몸과 마음을 쉬게 하는 것은
새로운 에너지를 충전하는
생산적이고 창의적인 일이다

휴식은 인생의 골드 타임이다

그 누구나 오늘보다 더 나은 내일을
기쁨으로 맞고 싶을 것이다

그렇다면 때때로
지친 몸과 마음을 편히 쉬게 하라

휴식을 단지 노는 것으로 아는 이들이 많다. 그러나 휴식은 지친 몸과 마음을 쉬게 함으로써 새롭게 충전시키는 생산적인 시간인 것이다. 즉 휴식은 삶의 골드 타임이다. 지혜롭게 휴식하라.

의식의 개혁이란
이미 있는 것에 대한 변혁이 아니라,
그 공간과 여백에서 찾아낸 새로운 삶의 양식이다.
의식의 개혁 없이
새로운 삶은 이루어질 수 없다.

법정

_ 버리고 떠나기

삶의 별이 빛날 때

생각의 담을 쌓지 마라
마음이 막히지 않게 하라

생각이 막히고 마음이 막히면
새로운 나로 거듭날 수 없음이니라

새롭게 빛나는 모든 것들은
묵은 마음을 비워 내고 새 마음을 채움으로써
거듭나게 한 삶의 별이다

삶의 별이 빛나게 하라
삶의 별이 빛날 때 너 또한 별이 되리라

삶을 별이 되게 하는 사람들은 무엇이든 최선을 다한다. 힘들고 고통스러운 일이 가로막아도 어떻게든 뚫고 나간다. 그러나 대개의 사람들은 되는 대로 살아간다. 밥은 먹고 즐기면서 살아도, 삶을 별이 되게 하지는 못한다. 당신은 삶을 별이 되게 하라.

일찍이 덕을 심어 놓으면
덕의 열매를 거두게 되고,
악의 씨를 뿌려 놓으면 언젠가는
그 악의 열매를 거두게 되기 마련이다.

법정

_ 버리고 떠나기

얻고자 하는 대로 씨를 뿌려라

선의 씨를 뿌리는 자는 선으로 거두고
악의 씨를 뿌리는 자는 악으로 거둘지니,

악의 씨를 뿌리고
선을 얻고자 하는 것은
스스로를
죄의 웅덩이에 빠트리는 일이다

뿌리는 자가 심는 자가
원하는 것을 얻을진저

무릇,
선을 얻고자 하면 선의 씨를 뿌리고
덕을 얻고자 한다면
덕의 씨를 뿌릴지니라

세상은 그 어느 것도 그냥 주지 않는다. 자신이 뿌린 대로 준다. 선을 뿌리면 선을 거두게 하고, 악을 뿌리면 악을 거두게 한다. 인생을 후회 없이 살고 싶다면 덕의 씨를 뿌리고 선의 씨를 뿌려라. 원하는 것을 얻게 될 것이다.

건강한 정신이야말로
건강한 육체도 만들고
건전한 사회도 만들어낼 수 있다.

법정

_ 인생을 낭비한 죄

뿌리가 탄탄한 나무처럼

뿌리가 탄탄한 나무는
거센 비바람에도 쓰러지지 않는다

뿌리가 땅을 꽉 움켜쥐고
쓰러지지 않기 위해
강한 힘을 발하기 때문이다

뿌리가 탄탄한 나무가
튼실한 열매를 맺는 것처럼

건강한 정신을 가진 사람은
자신을 늘 강건하게 하기에 여념이 없나니,

시련과 고난이란 강풍에 쓰러지지 않고
꿋꿋하게 자신을 지켜내기 위해서는
뿌리가 탄탄한 나무처럼
스스로를 굳세게 키워 강건하게 하라

정신이 건강한 사람은 그 어떤 일에도 자신감을 잃지 않는다. 건강한 정신이 마음도 몸도 강건하게 하기 때문이다. 그럼에도 사람들은 몸을 건강하게 하는 데는 여념이 없지만, 정신을 건강하게 하는 데는 소홀히 한다. 정신을 건강하게 하기 위해서는 책을 읽고 사색하라. 묵상을 통해 마음을 맑고 깊게 하라.

4부

뜨거운 축복

우리가 체면이나 인습,
혹은 전통의 굴레에 갇히게 되면
새로운 인간으로 거듭날 기약이 없다.

법정

_ 그 일이 그 사람을 만든다

역동적이게 하라

올무에 걸린 사슴은
올무에서 벗어날 수 없듯

스스로를 어두운
마음의 감옥에 갇히게 하지 마라

마음의 감옥에 갇히는 순간,
지금이란 현실에서 벗어나지 못하고
이를 갈며

슬피 우는 이리가 될지니라

자신을 거듭나게 하는 자는
늘 푸른 하늘을 바라보며
오늘과 다른 세계를 향해 나아가리니,

네 몸과 마음을 늘 역동적이게 하라

마음이 역동적인 사람은 매사에 활기차고 진취적이다. 꿈은 언제나 푸르게 빛나고, 무엇이든 긍정적으로 생각하고 실행한다. 역동적인 사람은 체면이나 관습 등 묵은 생각에 갇혀 있지 않는다. 늘 마음을 새롭게 하라. 자신을 혁신하라.

우리는
인생의 순간마다
무엇이 되어가는
삶을 산다.

법정

_그 일이 그 사람을 만든다

스스로 빛이 되어라

고인 물은 생명이 없나니,
물이 썩어 생명성을 잃었기 때문이다

인생이 정체된다는 것은
고인 물과 같아 스스로를 퇴보하게 하는 일이다

태양이 대지를 찬란하게 비치는 것은
빛살이 틈 없이 이어져
강렬한 빛을 뿜어내기 때문이다

오늘과 다른 내일을 살아가는 그대가 되라

그러기 위해서는
매 순간 그대 스스로 삶의 빛이 되어야 한다

스스로를 빛이 되게 하는 사람도 있고, 어둠이 되게 하는 사람도 있고, 빛도 어둠도 아닌 그저 그런 사람도 있다. 그렇다면 문제는 간단하다. 자신을 세상의 빛이 되게 하라.

진짜 양서는
읽다가 자꾸 덮이는 책이어야 한다.
한두 구절이 우리에게 많은 생각을 주기 때문이다.
그 구절들을 통해서
나 자신을 읽을 수 있기 때문이다.
이렇듯 양서란 거울 같은 것이어야 한다.

법정

_ 비독서지절

맑은 숨결

탈무드에는 이르길,
책은 읽는 것이 아니라
배우는 것이라고 했다

양서란 배운 것을 가슴에 새기어
인생에 빛이 되고 길이 되어
안 보이는 것을 보게 하고
흔들리는 삶의 중심을
단단하게 잡아 주는 것이어야 한다

몇 번을 읽고 또 읽어도 처음 읽는 듯
늘 새롭고 가슴을 울려
묵은 영혼에
맑은 숨결을 불어넣어 주어야 한다

마음을 어지럽게 하고
말초 신경을 자극하는 악서는
인생의 장벽이 될 뿐이니 이를 멀리해야 한다

개권유익開卷有益이라
책은 펼치는 것만으로도 유익하다 했느니,

나를 바르게 세우는
인생의 거울 같은 양서를 읽어야 한다

책이라고 해서 다 같은 책이 아니라는 것은 누구나 안다. 그런데도 어떤 이들은 말초 신경을 자극하고 흥미를 유발시키는 책에만 관심을 둔다. 이런 독서는 마음을 병들게 한다. 마음을 새롭게 하고, 건강한 삶을 만들어 주는 책, 인생을 멋지게 변화시키는 책을 읽어야 한다.

무소유란 아무것도 갖지 않는다는 것이 아니다.
궁색한 빈털터리가 되는 것이 아니다.
무소유란 아무것도 갖지 않는다는 것이 아니라
불필요한 것을 갖지 않는다는 뜻이다.

법정

_ 무소유

행복한 삶에 이르는 길

견고하고 번쩍이는 금고에
그 아무리 많은 보화를 쌓아 놓은들
마음이 편치 않으면 무슨 소용이랴

가진 게 없어도
마음이 불편하거나 불행을 느끼지 않는다면
이는 없는 것이 아니라 없음으로 해서
그 어디에도 거리낌이 없는 것이니라

강물도 넘치면 해가 되고
자유도 넘치면 방종이 되나니,

인간의 모든 불행은
더 많은 것을 취하기 위한 것으로부터 오고
허영과 무절제에서 오는 것이니라

보라,
저 푸르른 창공을 나는 새를
저 들판 가득 피어난 소담스런 들꽃을

저들은 있는 그대로
충분히 넘치고 자유롭지 아니한가

몸에 지니고도 무언가에 불안해하고
마음이 화평하지 않다면
그것은 오히려 아니함만 못한 것이리니,

가진 게 없음에도

진정 삶으로부터 자유로울 수 있다면

그것이야말로

정녕 행복한 삶인 것이니라

많은 것을 갖고 있음에도 불행하다고 하는 이들이 있다. 반면에 가진 것이 없어도 행복하다고 말하는 이들이 있다. 진정한 행복은 무엇인가. 가진 것이 없어도 불행을 느끼지 않고 불편을 느끼지 않고 행복하다면 그것이야말로 진정한 행복이다.

똑같은 조건 아래에서도
희로애락의 감도가 저마다 다른 걸 보면,
우리들이 겪는 어떤 종류의 고와 낙은
객관적인 대상에보다도
주관적인 인식 여하에 달린 것 같다.

법정

_ 너무 일찍 나왔군

생각의 빛깔

같은 조건 아래에서도
어떤 눈으로 대상을 바라보고
어떤 생각을 하느냐에 따라
삶의 관점은 달라지는 것이려니,

자신을 즐겁게 하고 싶다면
매사를 즐거운 마음으로 바라보라

자신을 고통스럽다고 여기는 사람은
즐거운 것을 보아도 느끼지 못하고
스스로를 고통 속으로 몰아가기 때문이다

기쁨과 분노, 슬픔과 즐거움은
누가 줄 때도 있지만
근본적으로는
자신이 느끼고 만들어 나가는 것이다

생각이 밝으면
보는 것, 느끼는 것, 생각하는 것,
행하는 것 또한 밝고 즐거워지리니

생각의 빛깔을 맑고 밝게 하라

같은 꽃을 바라보면서도 누구는 참 예쁘다고 말하고, 다른 누구는 별다른 감흥을 느끼지 못한다. 이는 생각의 차이에서 오는 현상이다. 즐겁고 행복하게 살고 싶다면 생각을 긍정의 모드로 놓아라. 생각의 빛깔을 맑고 밝게 하라.

바닷가의 조약돌을 그토록 둥글고
예쁘게 만든 것은 무쇠로 된 정이 아니라,
부드럽게 쓰다듬는 물결이다.

법정

_설해목

부드러움의 힘

일찍이 노자老子는
물같이 행동하는 것이 필요하다 했느니,
이는 물은 유유히 흐르다
둑이 있으면 머무르고
둑을 치우면 또다시 흐르는 까닭이다

그런 이유로 물은
가장 필요하며, 가장 힘이 강하나니
작은 물방울이 거대한 바위를 뚫고

물결이 거칠고 딱딱한 돌을
몽돌이 되게 하는 것은
한없이 부드럽기 때문이다

강풍에 전봇대가 꺾이고 부러지는 것은
단단함으로 인함이지만
한없이 연약하고 부드러운 풀이
꺾이고 부러지지 않는 것은
바람에 몸을 내맡겨 순응하기 때문이다

진실로 강한 것은
딱딱한 쇠붙이가 아니라
물과 같이 부드럽고
풀과 같이 연한 것이다

갈대를 보라. 이리저리 몸을 흔들며 바람 앞에 순응하는 그 유유함을. 진실로 강한 것은 하나같이 부드러운 것들이다. 부드러운 것들은 어떤 상황에도 그에 맞게 순응하는 까닭이다.

우리는 인형이 아니라
살아 움직이는 인간이다.

법정

_ 인형과 인간

생각하며 산다는 것은

사람이 사람인 것은
날마다 생각하며
생각한 것에 따라 행동하는 존재이기 때문이다

그러므로 생각 없이 말하고
행동하는 사람들을 볼 때
사람의 형상을 한 인형과 같다는
생각이 드는 것은 지극히 당연한 것이다

보라,

저 푸른 하늘을 보며 한껏 숨을 쉬고

서로가 서로에게 의미가 되어

자신의 길을 간다는 것이

그 얼마나 유쾌하고 사람다운 일인지를

사람은 생각함으로써 존재하는

거룩한 생명의 숨결

자신이 하는 일에 스스로 책임을 지고

부끄러움 없이 산다는 것은

자신의 삶에 대한 의무이자

사람답게 하는 복된 일이려니

무릇,

생각하며 산다는 것은

그 얼마나 높고 우뚝한 일이던가

자신이 하는 생각은 곧 그 자신인 것이다

생각한다는 것은 실존에 대한 자기 확신이다. 사람은 생각함으로써 자신의 존재를, 자신의 가치를 확립하게 된다. 생각은 곧 그 사람 자신이며, 실체에 대한 방증이다.

이 가을에 나는
모든 이웃들을 사랑해 주고 싶다.
단 한 사람이라도
서운하게 해서는 안 될 것 같다.

법정

_가을은

가을이 오면

가을은
보는 것마다 시가 되고
듣는 것마다 노래가 된다

가을은
어디를 가든 한 폭의 멋진 그림이자
거대한 갤러리이다

가을은

은혜로운 산물들로 넘쳐나는

풍요로운 계절

가을이 오면

누구나 시인이 되고

로맨티스트가 되고

누구에게나 따뜻한 가슴이 되고 싶은 것은,

가을은 마음을

너그러워지게 하기 때문이다

가을이 오면 그리운 이가 더욱 생각나는 것은 가을은 사람의 마음을 정서적으로 풍요롭게 하기 때문이다. 가을이 오면 사랑하라. 가을은 사랑과 풍요의 계절이다.

흙을 가까이하면
자연 흙의 덕을 배워 순박하고 겸허해지며,
믿고 기다릴 줄 안다.
흙에는 거짓이 없고, 무질서도 없다.

법정

_ 인형과 인간

흙에 대한 단상

1.
흙은 생명의 모태이다

콩을 심으면 콩이 나게 하고
옥수수를 심으면 옥수수가 나게 하고
파를 심으면 파가 나게 하고
감자를 심으면 감자가 나게 한다

흙은 그것이 무엇이든
덕德으로 품어 안아
제 몫을 다하는 생명이 되게 한다

2.
흙은 정직한 휴머니스트이다

흙은 한 치의 오차도 거짓도 없이
인간에게도 동식물에게도
있는 그대로를 편견 없이 베풀며 내어 놓는다

3.
흙은 순리의 교본이다

흙이 한 번도 실수를 하지 않는 것은
흙은 오직 자연의 순리를 따를 뿐
조바심을 내거나
결코 서두르는 법이 없기 때문이다

4.

흙에서 배워라

흙의 덕과 겸손과 순리의 미덕과
오래 참음과 묵묵함을
그리고 흙의 따뜻함과 포용력을

흙은 가장 훌륭한 교사이다

흙은 정직한 자연이다. 무엇이든 심은 대로 기르고 거두어 사람에게도 동물에게도 아낌없이 내어 준다. 흙은 생명의 근원이자 사랑의 표본標本이다.

이해란 정말 가능한 걸까.
사랑하는 사람들은 서로가
상대방을 이해하노라고 입술에 침을 바른다.
그리고 그러한 순간에서 영원을 살고 싶어 한다.
그러나 그 이해가 진실한 것이라면
항상 불변해야 할 텐데
번번이 오해의 구렁으로 떨어진다.

법정

_오해

불변의 꽃

갖가지 나무들이 모여
아름답고 풍성한 숲을 이루는 것은
자기를 앞세우지 아니하고
협력하여 선을 이루는 순리의 미美에 있으니

아름다운 인간관계를 통해
행복한 삶을 꿈꾼다면
상대방의 마음으로 서로를 바라보라

내가 상대방의 마음이 되고
상대방이 내 마음이 될 수 있다면
그 어떤 상황에서도
오해로 인한 아픔을 겪지 않을 것이다

오해란 나를 앞세워
이해를 바라는 데서 비롯되는 것

나를 뒤로하고
상대방을 먼저 생각한다면
상대방 또한 자신을 뒤에 두고
상대의 관점에서 이해하게 되리니,

우리는 서로가 서로에게
향기로운 불변의 꽃이 되어야 한다

오해는 자기를 앞세우기 때문에 생기는 어긋난 생각이다. 상대방의 입장에서 생각하라. 그러면 그 어떤 경우에도 오해할 일이 없을 것이다.

바흐를 좋아하는 사람들은 그의 음악에서
장엄한 낙조 같은 걸 느낄 것이다.
단조로운 듯한 반복 속에 깊어짐이 있기 때문이다.
우리들의 일상이 깊어짐 없는
범속한 되풀이만이라면 두 자리 반으로 족한
'듣기 좋은 노래'가 되고 말 것이다

법정

_ 종점에서 조명을

인생의 선율

가볍고 깊이 없는
껍데기의 삶을 멀리하라

깊이 없는 삶은 그 얕음으로 인해
스스로를 범속되게 하리니,
깊이 없는 삶이란 그 얼마나 허무한가

그러나 깊이 있는 삶은
장엄한 오케스트라의 선율 같이

때로는 단조로울 수 있겠지만,
그 깊이로 인해
음미할수록 삶의 참맛을 알게 된다

가볍고 깊이 없이 사느냐
장엄하고 깊이 있게 사느냐는
오직 자신에게 달려 있음이니,

인생의 참맛을 느끼며 살고 싶다면
깊이 있는 인생의 선율로
멋진 삶을 연주하는 사람이 되라

자신의 인생을 삶의 장엄한 선율이 되게 하느냐, 요란한 꽹과리가 되게 하느냐는 오직 자신에게 달려 있다. 인생의 참맛을 느끼고 싶다면 깊이 있는 삶을 통해 장엄한 선율이 되게 하라.

말이 많으면 쓸 말이 별로 없다는 것이
우리들의 경험이다.
하루하루 나 자신의 입에서 토해지는 말을
홀로 있는 시간에 달아보면
대부분 하잘것없는 소음이다.

법정

_ 침묵의 의미

진음眞音과 소음

많은 말을 하기보다는
상황에 맞게 필요한 말을 가려 하라

말이 많으면 그 가벼움으로
울리는 꽹과리가 되어
믿음과 신뢰를 잃게 될 수 있음이니,

입이 하나고 귀가 둘인 것은
말을 하기보다는

듣기를 배로 하라는 것이니라

듣기를 즐겨 하면 실수하지 않으나
말이 많으면
실수는 자연히 따라오는 법,

할 말이 있어도 가려서 하는
지혜롭고 은혜로운 입이 되어야 하느니라

말이 많은 사람이 가벼워 보이는 것은 하는 말에 비해 쓸 말이 별로 없는 까닭이다. 그러나 말이 적은 사람을 가벼이 여기지 못함은 그 사람의 속을 다 모르기 때문이다. 불필요한 말은 거추장스런 옷과 같나니 불필요한 말을 삼가라.

"오늘 하루도 우리들은 용하게 살아남았군요."
하고 인사를 나누고 싶다.
살아남은 자가 영하의 추위에도 죽지 않고
살아남은 화목에 거름을 묻어 준다.
우리는 모두가 똑같이 살아남은 자들이다.

법정

_ 살아남은 자

뜨거운 축복

날마다 푸른 하늘을 보고
사랑하는 사람들과
정을 나누며 행복하게 산다는 것은
가슴 절절히 뜨거운 축복이다

산다는 것은
살아 있다는 것은 그것만으로도
엄청난 축복이거늘
우리는 이를 까마득히 잊고 살아간다

산다는 것은
살아간다는 것은 그 무엇과도 견줄 수 없는
하늘의 은혜임을
어느 한순간도 잊지 말아야 할지니,

나와 너 우리는
마음을 다하고 뜻을 다해
살아 있음을
매 순간 감사하고 감사하라

산다는 것은, 살아 있다는 것은 얼마나 아름다운 축복인가. 푸른 하늘을 보고, 사랑을 하고, 하고 싶은 것을 할 수 있음은 살아 있기 때문이려니, 매 순간 살아 있음을 감사하라.

우리는 물고 뜯고 싸우기 위해
태어난 것이 아니다.
서로 의지해 사랑하기 위해
만난 것이다.

법정

_ 불교의 평화관

사람으로 산다는 것은

사람을 만물의 으뜸이라 하나
혼자서는 살 수 없기에
서로를 의지하고
사랑할 수 있는 사람을 꿈꾸며 산다

아무리 아름다운 꽃도
한 송이보다는 두 송이가 더 예쁘고
세 송이보다는 무리지어 함께 어울려야
더 아름답고 향기롭다

사람은

사랑을 주고 사랑을 받으며

사랑하기 위해 태어난 존재이기에

항시恒時,

자신을 사랑해 줄 사람을 그리워한다

아, 사랑함으로써

사람은 더욱 사람답게 살아가리니,

사랑하라,

한 번도 슬퍼하고 이별하지 않은 것처럼

사람은 서로 사랑하고 어울리며 살아가는 존재이다. 사랑이 없다면, 사랑하는 사람이 없다면 세상은 캄캄한 적막강산과 같으리라. 사랑하는 사람이 곁에 있음을 감사하라.

지금 이 순간은
과거도 미래도 없는 순수한 시간이다.
언제 어디서나
지금 이 순간을 살 수 있어야 한다.

법정

_ 노년의 아름다움

지금이란 순간

지금 네게 주어진 순간을
너만의 시간,
너만의 자리가 되게 하라

지금을 온전히 산다면
네게는 더없는 행복이 주어질 것이나,

지금을 허투루 산다면
너는 불행의 그늘에 들게 될 것이다

지금이란 순간을

너의 길이 되게 하라

지금이란 순간을

네 인생의 꽃이 되게 하라

지금이란 순간은 누구에게나 똑같이 주어진다. 그런데 어떤 이는 금과 같이 쓰고, 어떤 이는 돌같이 여긴다. 지금이란 순간을 어떻게 보내느냐에 따라 자신의 인생을 옥이 되게도 하고, 녹이 되게도 한다.

부자란 집이나 물건을
남보다 많이 차지하고 사는 사람이 아니다.
불필요한 것들을 갖지 않고
마음이 물건에 얽매이지 않아 홀가분하게 사는
사람이야말로 진정한 부자라 할 수 있다.

법정

_ 노년의 아름다움

마음이 가난한 자

겨울나무를 보라
그처럼 풍성했던 열매와 잎을 다 비워 내고도
저토록 충만하질 않느냐

겨울 들판을 보라
그토록 풍요로웠던 산물을 다 내주고도
저처럼 여유롭질 않느냐

겨울바다를 보라
그처럼 뜨거웠던 여름을 보내고도
저리도 기꺼이 우리를 반겨 맞아주질 않느냐

무릇 마음이 가난한 자는 이와 같나니
네 마음을 가난하게 하라

마음이 가난한 자가
진실로 삶의 충만함을 얻으리라

마음이 가난한 자는 물욕을 멀리하고 탐욕에 매이지 않으니, 진실한 삶에 가까이 이르게 된다. 모든 매임으로부터 자유로울 수 있기 때문이다. 고로 마음이 가난한 자가 진정 복된 자이다.

옛사람들은 고전에서 인간학을 배우며
자신을 다스리고 높이는 공부를 했다.
그러나 요즘 사람들은
얄팍한 지식이나 정보의 덫에 걸려
고전에 대한 소양이 너무 부족하다.
자기 나름의 확고한 인생관이나 윤리관이 없기 때문에
눈앞의 조그만 이해관계에 걸려 번번이 넘어진다.

법정

_ 고전에서 인간학을 배우다

옛것을 배우다

책도 오랜 것이 좋고
친구도 오랜 친구가 좋고
진리 또한 오래될수록
우리를 깊이 있게 하나니

옛사람은 하나를 익혀도 두고두고 배웠으며
그것으로 자신을 다스리게 했으니
그 어떤 미혹에도 흔들리지 않았다

하나를 배워도 깊이 배워
마음을 살찌우고 정신을 드높일지니
얄팍한 지식으로 스스로를 자랑치 않고
그것의 덫에 미혹되지 않을 때,

자신의 생각을 갖게 됨으로써
자신의 철학과 사상을 우뚝 세워
대범한 길에 이를지니라

보라,
옛것은 낡은 것이 아니라
오래되어서 새로운 것에 이르게 하느니라

옛것을 고리타분하고 시대에 뒤떨어진 낡은 것이라 여기지 마라. 옛것이 있음으로 지금이 있고, 지금이 있기에 미래가 있는 것이다. 옛것을 통해 새로운 나를 사는 당신이 되라.

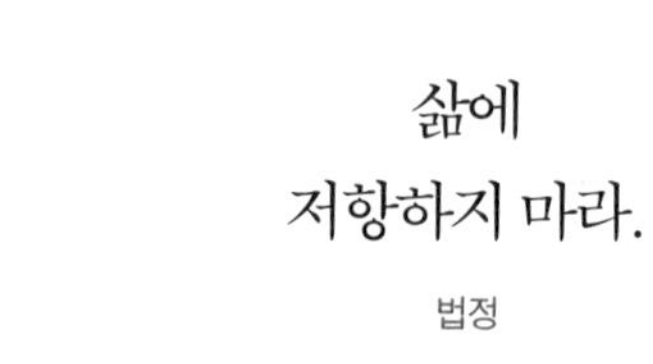

삶에
저항하지 마라.

법정

_ 삶에 저항하지 마라

저항하지 마라

물같이 흘러라

물처럼 막힘없이 흘러가라

물이 물인 것은 순리를 거스르지 않고
모든 것을 받아 주고 품어 주어
새롭게 태어나게 하기 때문이다

네 앞에 주어진 것에 저항하지 마라

네게 주어진 모든 것을
있는 그대로,
물처럼 받아 주고 품어 주어 네 길을 가라

정녕, 너를 빛나게 하리라

내게 주어진 상황에 대해 저항하지 마라. 설령 자신을 힘들게 할지라도 불평하지 마라. 저항은 또 다른 저항을 부를 뿐, 이를 받아들여 극복하면 큰 축복이 될 것이다.

{

우리들이 지금 살아 있다는 것은
당연한 일 같지만 이는 하나의 기적이고
커다란 축복이 아닐 수 없다.

법정

_ 한반도 대운하 안 된다

}

기적을 살다

매 순간이 그렇고
매일 매일이 그러하니,

우리는 사는 것이 아니라
살아지는 것이려니
이를 기적 중에 기적이라 어찌 말하지 않으랴

매 순간이 찬란한 기적이다

우리는 누구나 기적을 살고 있다

지금 네가 살아가고 있음을
기쁨으로 노래하라

지금 이 순간,
기적을 살고 있음에 매 순간 감사하라

삶은 모든 순간이 기적이며, 누구나 기적을 살고 있다. 이렇듯 삶이란 그 얼마나 눈물겨운 감사함인가. 우리는 기적을 사는 축복의 존재라는 것을 잊지 말아야 한다.

5부

인생의 기쁨

진정한 아름다움은 샘물과 같아서
퍼내어도 퍼내어도 다함이 없이
안에서 솟아난다.
그러나 가꾸지 않으면 솟지 않는다.

법정

_ 어느 암자의 작은 연못

아름다운 인생

샘물이 샘물인 것은
마르지 않고 물을 뿜어내기 때문이다

샘은 물의 화수분이듯,

너는 스스로
네 인생의 화수분이 되어야 할지니,

날마다 너를 다듬고 살펴
비워도 비워도 비워지지 않는
아름다운 인생의 노래가 되어라

아, 생각하노니
이보다 더 들뜨고
창의적인 인생이 또 어디 있으랴

아름다운 인생,
날마다 아름다운 너를 살아라

아름다움은 외모에도 있지만, 진정한 아름다움은 그 사람의 내면에 있다. 품격 있는 말과 행동, 어질고 후덕한 인품이야말로 진정한 아름다움이다. 아름다운 인생을 사는 멋진 당신이 되라.

사람은 이 세상에 올 때
하나의 씨앗을 지니고 온다.
그 씨앗을 제대로 움트게 하려면
자신에게 알맞은 땅을 만나야 한다.

법정

_ 자신에게 알맞은 땅을

네게 맞는 것으로써 너를 심어라

진실로 이르노니

너의 목소리로 노래하길 바란다면

겉으로 보여지는 것에

마음 두지 마라

그것은 다만 네 눈을 현혹시킬 뿐

그로 인해 너의 중심을 잃을까 하노라

세상천지 만물은

각기 자기의 소리가 있고

자기의 눈이 있고 귀가 있듯

너 또한

너의 소리가 있고 눈이 있고 귀가 있나니

네게 맞는 것으로써 너를 심어라

이로써 너는 너의 노래를 부르게 되리라

누구에게나 자신만의 영토가 있다. 그 영토는 눈이 보이지 않으나, 그곳에 꿈을 심고, 행복을 심고, 기쁨을 노래한다. 마음이란 영토, 그곳에 자신에게 맞는 것으로써 심어라. 행복이란 풍성한 열매를 수확하게 될 것이다.

시시한 책은
속물들과 시시덕거리는 것 같아서 이내 밀쳐낸다.
내 귀중한 시간과 기운을
부질없는 일에 소모하는 것은
나 자신에 대한 결례로 여겨지기 때문이다.

법정

_ 홀로 걸으라, 행복한 이여

아무것도 아닌 것에 너를

마음을 어지럽히고
쓸데없는 것에 정신을 빼앗기게 하는 책은
악서惡書일 뿐이니

네 맑은 영혼을 더럽히는 것엔
그 어떤 것에도 눈길조차 주지 마라

그것은 죄와 같고

심히 부끄럽고 스스로를 더럽히는 일이려니,

아무것도 아닌 것에 너를 소모하지 마라

네게 주어진 재능과 시간을

네 목숨과 같이 귀히 여기라

그로 인해 너는 네 인생을 별이 되게 하리라

자신을 불필요한 것에 소모하지 마라. 부정한 생각을 갖게 하고 마음을 어지럽히는 것에 시간을 쓰지 마라. 아무것도 아닌 것에 자신을 소모하는 것은 비생산적인 인생을 사는 것과 같다.

슈퍼마켓의 계산대 앞에
늘어선 줄을 보고 짜증을 내는 것도
조급하고 성급한 과속 문화에서 온 병폐다.
자기 차례를 참고 기다릴 줄 알아야
그 안에서 시간의 향기를 누릴 수 있다.

법정

_ 과속 문화에서 벗어나기

참고 기다려라

급히 먹는 밥에 체한다는 말이 있듯
무엇이든 참지 못하고 순리를 거스르면
꼭 탈이 나기 마련이다

참고 기다리는 것을 약지 못해서라고
조롱하는 이들이 있는데,
그런 사람들이야말로 어리석은 자들이다

더불어 살아가는 사람 숲에는

그에 맞는 순리와 책임이 따르는데,
참고 기다릴 줄 아는 일이다

아무리 배가 고파도
참고 기다리다 먹는 밥은 더 맛있듯

참고 기다리는 것엔 상대에 대한
따뜻한 배려와 사랑이 살아 숨 쉰다

보라,
지혜로운 자는 참고 기다림에 익숙하나
어리석은 자는 참고 기다림에 조바심을 내나니
참고 기다려야 할 땐 참고 기다려라

참고 기다리는 자에게는 복이 따를진저
무릇,
참고 기다림은 삶의 지혜이니라

'삶은 속도가 아니라 방향'이라는 말이 있다. 그렇다. 속도만 쫓다 보면 무리를 가하게 된다. 마찬가지로 참고 기다리지 못하고 조바심을 내면 그릇된 삶에 빠지게 된다. 참고 기다려야 할 땐 참고 기다려라. 그것이 인생의 정답이다.

어느 날 내가 누군가를 만나게 된다면
그 사람이 나를 만난 다음에는
사는 일이 더 즐겁고 행복해져야 한다.
그래야 그 사람을 만난 내 삶도
그만큼 성숙해지고 풍요로워질 것이다.

법정

_ 과속 문화에서 벗어나기

누군가에게 꼭 필요한 사람

누군가에게
어둠을 밝히는 빛이 되어라

누군가에게
꿈을 주는 별이 되어라

누군가에게
용기를 주는 힘이 되어라

누군가에게
가치 있는 멋진 인생이 되어라

누군가에게
꼭 필요한 사람이 되어라

그리하여 누군가에게
의미 있는 당당한 존재가 되어라

누군가에게 힘이 되어 주고, 꿈이 되어 주고, 의미 있는 인생이 된다는 것은 참으로 행복한 일이다. 그로 인해 자신 또한 생산적이고 창의적인 인생으로 살아가게 되기 때문이다.

사람은
나이가 들수록 성숙해져야 한다.

법정

_ 알을 깨고 나온 새처럼

나이가 든다는 것은

나이가 든다는 것은
나이를 먹어 늙어가는 것이 아니라

나이가 듦으로써
사람다운 사람이 되는 일이다

혹여, 나이 들어감을 우울해하거나 슬퍼하지 마라
무릇 나이가 든다는 것은
자기 얼굴에 부끄럽지 않은 충만한 인생으로
거듭나는 생산적인 일이다

오늘도 내일도 마주하는 시간마다
멋지게 나이 들어가는 활기찬 인생이 되라

인생의 나이는 이마에 주름살을 늘리나, 영혼의 푸른 나이는 인생을 생기 있게 한다. 나이 들어감을 우울해하지 말고 멋지게 나이 듦에 대해 생각하고, 생각한 대로 행동하라. 생각과 행동이 원하는 것을 얻게 하는 최선의 비법이다.

나이가 어리거나 많거나 간에
항상 배우고 익히면서 탐구하는 노력을
기울이지 않으면
누구나 삶에 녹이 슨다.

법정

_ 알을 깨고 나온 새처럼

삶의 녹

자신의 재능을 방치하지 마라
자신의 능력을 쓸데없는 일에 소모하지 마라
자신을 무책임하게 하는 일은
인생을 녹슬게 하는 패악한 일이니라
늘 처음인 듯 나를 살아라
늘 배우고 익혀 생각을 일깨워라
그리고 배운 것을 철저하게 실행하는 일에
너 자신을 바쳐라

녹슨 삶을 사는 것처럼 무의미하고 불행한 일은 없다. 녹슨 삶은 살아도 죽은 목숨이다. 자신의 삶을 기름지게 하라. 그러기 위해선 늘 배우고 익혀 새로운 자신을 살아야 한다.

밤이 이슥하도록 글을 읽다가
출출한 김에 차라도 한 잔 마실까 해서
우물로 물을 길으러 간다.
길어 놓은 물보다 새로 길은 물이라야 차 맛이 새롭다.
차 맛은 곧 물맛에 이어지기 때문이다.

법정

_옹달샘에서 달을 긷다

새로운 너

한 잔의 차도
어떤 물로 마시느냐에 따라
맛이 결정되듯

사람도 어떤 생각을 하며
어떻게 살아가느냐에 따라
향기로운 삶을 살고 행복의 열매를 맺는다

새로운 나로
새로운 내일을 살아가고 싶다면
늘 생각을 새롭게 하고
역동적이게 해야 하나니,

너는 날마다 새로운 너를 살아라

그 새로움이 너를 축복되게 하리라

새 술은 새 부대에 넣어야 한다. 낡은 부대에 넣게 되면 해진 틈으로 새어 나가게 되고, 맛 또한 변할 수 있다. 마찬가지로 새로운 나로 살아가기 위해서는 늘 마음을 새롭게 가꾸고, 생각을 새롭게 하라.

사람에게는
저마다 주어진 상황이 있다.
남과 같지 않은 그 상황이
곧 그의 삶의 몫이고 또한 과제다.

법정

_ 아궁이 앞에서

무소의 뿔처럼 가라

꽃은 저마다의 향기가 있고
나무는 저마다의 과실을 맺듯

사람에게는
저마다의 삶의 몫이 있고
저마다의 길이 있다

저마다의 삶의 몫과 저마다의 길이
그 사람의 인생을 결정짓는다

하여 이르노니,

남의 몫을 바라지 말고 남의 길을 따르지 마라

오직 그대는 그대의 몫을 살고

무소의 뿔처럼 그대만의 길을 가라

사람마다 성격이 다르고 재능이 다르듯, 저마다의 삶의 몫이 있고 길이 있다. 그런데 남의 삶을 기웃거리고 남의 길을 따르려는 이들이 있다. 이는 스스로를 모독하는 일이다. 자신의 삶의 몫을 취하고 자신의 길을 가라.

이 세상에서
가장 위대한 종교가 있다면
그것은 친절이다.

법정

_ 세상에서 가장 위대한 종교

소통의 꽃

어린 사슴 눈빛보다도
더 맑고 따뜻한 눈빛

꽃보다도
더 향기롭고 달콤한 향기

아이스크림보다도
더 부드럽고 상큼한 정다움

마음과 마음을

환하게 열어 주는 소통의 꽃,

친절!

친절은 가장 따뜻하고 높은 미덕이다

친절한 사람은 보는 것만으로도 마음을 따뜻하게 한다. 친절한 말과 행동은 친근감을 주고 사람들을 사로잡는 힘이 세다. 그래서 친절한 사람은 어디서든 환영받는다. 친절하게 말하고 친절하게 행동하라.

사람이든 사물이든 또는 풍경이든
바라보는 기쁨이 따라야 한다.
너무 가까이도 아니고 너무 멀리도 아닌,
알맞은 거리에서 바라보는
은은한 기쁨이 따라야 한다.

법정

_ 바라보는 기쁨

일정한 거리를 두라

나무는
일정한 거리를 두고 심어야
뿌리를 튼튼히 내려
잎을 무성히 하고 풍성한 열매를 맺는다

꽃도
일정한 거리를 두고 씨를 뿌려야
예쁜 꽃을 피우고
향기로운 향기를 발한다

나무와 꽃이 그러하듯
사람들도 일정한 거리를 두고
마음을 나누어야
오래도록 아름다운 관계를 이어가게 된다

우주만물이 조화를 이루는 것은
일정한 거리를 두고 순리를 따름이니
세상만사가
불가근불가원不可近不可遠이니라

좋은 관계를 이어가기 위해서는 약간의 비밀스러움이 있어야 한다. 그래야 상대에 대해 더 관심을 기울이게 되고 더욱 좋은 관계를 유지하기 위해 노력한다. 그런 까닭에 일정한 거리를 두는 것이 바람직한 것이다.

아무리 화가 났을 때라도
말을 함부로 쏟아버리지 말라.
말은 업이 되고 씨가 되어
그와 같은 결과를 가져온다.

법정

_ 어떤 주례사

말 폭탄

함부로 쏟아내는 말은
말이 아니라 말 폭탄이다

말 폭탄은
모든 것을 한순간에 날려 보낼 만큼
화력이 세다

말 폭탄은
나는 물론 너와 우리 모두를

한순간 재가 되게 하나니,

필요한 말은 하되
독毒과 같은 말을 조심하라

같은 말도
어떻게 하느냐에 따라
빛이 될 수도 있고 어둠이 될 수 있음이니,

이를 깊이 새겨 마음의 꽃이 되게 하라

구시화문口是禍門이라, 인생사 모든 화는 말에 있음이다. 삼사일언三思一言이라 했느니, 한 마디 말도 신중히 유념해서 해야 탈이 없는 법이다.

오래된 것은 아름답다.
거기에는 세월의 흔적이 배어 있기 때문이다.
그 흔적에서 지난날의 자신을
되돌아볼 수 있다.

법정

_ 오래된 것은 아름답다

오래된 것

오래된 것을
낡고 고루하다 하지 마라

그것은 지나온 나날의 징표이니
어찌 그것을 함부로 여기랴

또한 오래된 것은
세월의 무게를 견디고 지금에 이르렀나니
어찌 그것을 가벼이 할 수 있으랴

오래된 것은

지난날 세월의 흔적이기에

시간의 갈피마다

지난날의 따뜻한 숨결이 살아 흐르려니,

그것을 통해 너의 지난날을 돌이켜보라

그리고 너의 미래에 대해 곰곰이 생각하라

고문진보古文眞寶라. 오래된 책이 보물이듯, 오래된 것을 함부로 여기지 마라. 그 오래됨에 세월의 숨결이 들어 있나니, 그것을 소중히 하라. 그리고 그것을 통해 자신을 살피며 지혜를 구하라.

요즘 와서 느끼는 바인데,
누구로부터 받는 일보다도
누구에겐가 주는 일이 훨씬 더 좋다.

법정

_ 주고 싶어도 줄 수 없을 때가 오기 전에

행복의 품격

누군가로부터 받아도 기분이 좋지만
누군가에게 주어도 기분이 좋다

누군가에게
자신의 소중한 것을 주어 본 사람은 안다

받는 것보다
주는 것의 행복이 더 크다는 것을

진정, 행복하고 싶은가

그렇다면 네가 가진 것을
필요로 하는 누군가에게 기분 좋게 주어라

그것이야말로 정녕 사랑이자,
나눔에서 오는 행복의 품격인 것이다

행복이라고 해서 다 똑같은 것은 아니다. 행복에도 품격이 있기 때문이다. 누군가로부터 받아서 행복한 것과 누군가에게 줌으로써 얻는 행복은 그 정도가 다르다. 품격 있는 행복을 추구하라.

세상과 타협하는 일보다
더 경계해야 할 일은
자기 자신과 타협하는 일이다.
스스로 자신의
매서운 스승 노릇을 해야 한다.

법정

_ 행복의 비결

지혜의 빛

어리석은 자는
자신과 타협하는 것을 좋아한다

그러나 지혜로운 자는
자신과의 타협을 냉정하게 생각하나니,

그것은 자신을
욕되게 하는 일이라 여기는 까닭이다

하여 어리석은 자는

자신을 관대하게 여긴다

허나 지혜로운 자는

자신을 엄격하게 여기나니,

그러므로 어리석음으로부터

자신을 멀리할 수 있는 것이다

무릇, 너는 지혜의 빛이 되어라

어리석은 자는 모든 것을 자신을 중심으로 생각하려 한다. 또한 자신의 실수에는 관대하다. 허나 지혜로운 자는 주변을 살펴 생각하고 자신에게 엄격하다. 그런 까닭에 지혜로운 자는 어리석음을 행치 않는다.

하나가 필요할 때는 하나만 가져야지
둘을 갖게 되면
애초의 그 하나마저도 잃게 된다.

법정

_ 행복의 비결

넘치지 않게 하라

모든 불행은
분수를 넘어서는 데 있나니,

하나를 담을 수 있는 그릇엔
하나만 담아야지 둘을 담게 되는 순간
넘쳐흐르게 된다

모든 행복은
분수를 아는 데 있나니,

분수를 지킴으로써
잘못되는 일은 그 어디에도 없다

분수를 아는 것은
자신을 아는 지혜의 근본이다

늘 스스로를 경계함으로써
넘치지 않게 하라

무엇이든 넘치면 부족한 것만 못하는 법이다. 자신감이 넘치면 자만이 되고, 욕심이 넘치면 탐욕이 되고, 화가 넘치면 분노가 된다. 이로부터 자유롭고 싶다면 지나침을 경계하라.

그 어떤 어려운 상황에서도
생의 소박한 기쁨을 잃지 않는 것,
그것이 바로 삶을 살 줄 아는 것이다.
그것은 모자람이 아니고 가득 참이다.

법정

_ 안으로 충만해지는 일

인생의 기쁨

큰일에서 기쁨을 얻으려고 하지 마라
그것은 나무에서 물고기를 구하는 것과 같나니,

작은 일에서 기쁨을 얻도록 해야 한다
소박하고 하찮게 여기는 것들에 눈길을 주어라

그것들은 눈에 쉽게 들어오지 않지만
눈길을 주는 만큼 기쁨으로 돌아오느니라

인생의 기쁨을
자주 그리고 오래도록 누리고 싶은가
그렇다면 소박하고 작고 하찮은 것들을 소중히 하라

인생의 기쁨은 크고 우뚝함에도 있지만, 진정한 기쁨은 작고 소박함에 있다. 큰 기쁨을 얻는 일보다 작은 일에서 기쁨을 얻는 법이 훨씬 많은 까닭이다. 작고 소박함에서 기쁨을 구하는 자가 되라.

나는 가끔
많은 사람들을 만나게 되는데
말수가 적은 사람한테는
오히려 내가
내 마음을 활짝 열어 보이고 싶어진다.

법정

_ 말이 적은 사람

필요한 만큼만 하라

할 말이 많을수록 말을 아껴라
말은 넘치면 화를 부르는 까닭이다

할 말이 많을수록 말을 가려서 하라
말을 가려서 잘못된 일은 없는 까닭이다

말이 많은 사람을 신뢰하지 마라
그가 하는 말엔 독이 들어 있다

말이 적은 사람을 신뢰하라
그의 말엔 허투루 하는 말이 없는 까닭이다

상대로부터 신뢰받길 바란다면
말을 가려서 하되 꼭 필요한 만큼만 말하라

말이 많은 사람은 가벼워 보여 신뢰가 가지 않는다. 그러나 말수가 적은 사람은 어딘지 모르게 진지해 보여 믿음이 간다. 상대로부터 믿음과 신뢰를 얻고 싶다면 말을 가려서 하되 필요한 만큼만 말하라.

6부

따뜻함을 품은 가슴

행복이란 무엇인가.
밖에서 오는 행복도 있겠지만
안에서 향기처럼, 꽃향기처럼
피어나는 것이 진정한 행복이다.

법정

_ 날마다 새롭게

내 안의 행복

누군가가 주는 행복은
잠깐 머물다 가는 바람과 같아
그 시간이 지나면 흔적 없이 사라진다

그러나 스스로 만드는 행복은
행복의 엔진을 멈추지 않는 한
오래도록 이어지고 이어간다

참 행복을 느끼고 싶다면
그냥 오는 행복을 바라지 마라

노력에서 오는 행복이야말로
온몸에 전율을 일으키며 참 기쁨을 주나니,

외부에서 오는 행복에 기대지 마라

오직,
내 안에서 행복해지기 위해 노력하라

남이 주는 행복은 바람에 스치듯 잠깐이다. 하지만 스스로 만드는 행복은 행복해지기 위한 노력을 멈추지 않는 한 지속된다. 오래가는 행복을 두고두고 느끼고 싶다면 스스로 행복을 만드는 일에 열중하라.

우리가 거칠고
험난한 세상에서 살지라도
맑고 환한 그 영성에 귀 기울일 줄 안다면
그릇된 길에 한눈팔지 않을 것이다.

법정

_ 하나의 씨앗이

맑고 깨끗하게

세상이 어지럽고 혼란스러울수록
내면을 맑고 깨끗하게 다스려야 한다
마음이 맑고 깨끗하면
허튼 일에 눈길 주지 않고
허망한 일에도 흔들리지 않고
시시비비是是非非를 가림에 있어 분명하다
내면을 맑고 깨끗하게 하라
내면이 맑고 깨끗할수록
격格은 높아지고 덕德은 넉넉해지리니
이를 받들어 힘쓸지니라

심지가 견고하면 그 어떤 유혹에도 넘어가지 않고, 힘들고 어려운 일에도 초연히 대처하게 된다. 심지를 견고히 하기 위해 내면을 맑고 깨끗하게 하라.

열매를 맺지 못하는 씨앗은
쭉정이로 그칠 뿐,
하나의 씨앗이 열매를 이룰 때
그 씨앗은 세월을 뛰어넘어
새로운 씨앗으로 거듭난다.

법정

_ 하나의 씨앗이

생명을 품은 씨앗

씨를 뿌리고 그대로 두면
새가 날아와 쪼아 먹을 수도 있고
뜨거운 햇볕에 말라 버리기도 한다

하나의 씨앗이 땅에 심어져
뿌리를 내리고 열매를 맺기 위해서는
햇살도 물도 공기도
사람들의 정성도 함께 해야 한다

열매를 맺지 못하는 씨앗은
생명을 품지 못하듯

미래라는 열매를 맺지 못한다면
그것은 살아도 죽은 것과 같음이니,

미래라는 열매를 튼실하게 맺기 위해서는
자신이 지닌 재능이란 씨앗에
열정이란 숨결을 끊임없이 불어넣어야 한다

하나의 씨앗이 열매를 맺기 위해서는 땅을 파서 묻고 물과 거름을 주어야 한다. 그리고 햇살도 공기도 함께 해야 한다. 사람 또한 삶의 결실을 맺기 위해서는 재능이란 씨앗에 노력이란 열정이 더해져야 한다.

{
좋은 친구를 만나려면
먼저 나 자신이 좋은 친구감이 되어야 한다.
왜냐하면 친구란
내 부름에 대한 응답이기 때문이다

법정

_ 친구
}

내 인생의 빛

좋은 친구는 내 인생의 빛이다

좋은 친구를 두고 싶다면
네가 먼저 밝은 마음을 그에게 주어라

좋은 친구는 내 인생의 나침반이다

좋은 친구와 더불어 살고 싶다면
네가 먼저 그 친구에게 감동을 주어라

좋은 친구는 그냥 오지 않는다

좋은 친구는 천금과 같고
희망을 주는 메신저와 같나니,

네가 먼저
네 몸과 같이 사랑하고 존중하고 배려하라

친구는 제2의 자신이다. 좋은 친구를 두고 싶다면 자신이 먼저 좋은 친구가 되어라. 그 누구나 자신에게 잘하는 사람을 진정성 있게 맞아 주기 때문이다. 좋은 친구는 인생의 빛과 같다.

자기 스스로
행복하다고 생각하는 사람은 행복하다.
마찬가지로 자기 스스로
불행하다고 생각하는 사람은 불행하다.
그러므로 행복과 불행은 밖에서 주어지는 것이 아니라
내 스스로 만들고 찾는 것이다.

법정

_ 스스로 행복한 사람

스스로 행복하라

같은 하늘을 바라보면서도
아름답다고 탄성 짓는 이가 있는가 하면
무덤덤하게 지나치는 이가 있듯,

스스로를 행복하게 하는 이에게
행복은 향기로운 꽃으로 피어나지만

스스로를 무덤덤하게 하는 이에게
행복은 문을 닫아버린다

행복과 불행은

물질의 부피와 환경에 있는 것이 아니라

스스로의 마음에 있음이니,

진정 행복하길 바란다면

스스로 행복하게 하는 일에 힘쓰라

누가 나를 행복하게 해 주기를 바라지 마라. 그것은 어리석은 질문을 하는 것과 같다. 행복은 스스로 찾는 인생의 꽃이다. 진정 행복하고 싶다면 스스로를 행복하게 하는 일에 힘쓰라.

우주 자체가 하나의 마음이다.
마음이 열리면
사람과 세상과의 진정한 만남이 이루어진다.

법정

_ 인연과 만남

진정한 만남

세상이 아름다운 것은
하나로 이어진 우주 공동체이기 때문이다

태양도 지구도 달도
나무도 꽃도 풀도 동물도
바다도 강도 땅도 하나로 이어져 있듯,

사람 또한
마음이란 하나의 끈으로 이어져 있다

아름다운 만남을 이루고 싶다면

네가 먼저,

마음을 활짝 열고 주저 없이 다가가라

사람도 세상도 이와 같나니

진정한 만남은 열린 마음에서 온다

사람은 사회적인 동물이다. 그런 까닭에 끝없이 만남과 만남을 이어간다. 만남은 사람에게 있어 하나의 운명과도 같은 일이다. 진정한 만남을 원한다면 자신이 먼저 마음을 열고 다가가라.

인간은 누구나
어디에도 기대서는 안 된다.
오로지 자신의 등뼈에 의지해야 한다.
자기 자신에, 진리에 의지해야 한다.

법정

_ 자신의 등뼈 외에는

참 진리란 스스로를 아는 것

들에 풀을 보라
산에 나무를 보라

저들은 스스로 일어나 잎을 피우고
꽃을 피우고 열매를 맺나니
들과 산은 저들로 인해 푸르게 빛난다

그대 또한 풀처럼 나무처럼
스스로 씨를 뿌리고 스스로 꽃을 피우고

스스로 열매를 맺어야 하나니,

스스로를 믿고
스스로에 의지해 굳게 일어서라

스스로를 아는 것 그것이 참 진리이다

진리란 외부에도 있지만 참 진리는 스스로 깨우쳐 얻는 것이다. 그러기 위해서는 읽고 생각하고 경험하고 느껴야 한다. 스스로를 아는 것, 그것이 참 진리의 근본이다.

맺힌 것은
언젠가 풀지 않으면 안 된다.
이번 생에 풀리지 않으면
언제까지 지속될지 알 수 없다.

법정

_ 회심

마음의 짐

부모와 친구와 동료 사이에
맺힌 것이 있으면 반드시 풀어야 한다

풀지 않으면 마음에 짐이 되리니
마음에 무거운 짐을 진다는 것은
스스로를 암흑 속에 가두는 것과 같음이다

지금 이 순간 자신을 한번 돌아보라
마음을 억누르는 그 무엇이 있는지를

없으면 감사한 일이나
만일 있다면 얽힌 마음을 풀어야 하나니,
마음의 짐으로부터 가벼워져라

그것이야말로 그대를 자유케 하리라

살다 보면 뜻하지 않는 일로 본의 아니게 부모와 형제, 친구와 동료 등 주변 사람들과 어긋나게 됨을 경험한다. 이때 마음에 맺힘을 품게 되는데, 이는 서로를 등지게 한다. 맺힌 것은 풀어야 한다. 그렇지 않으면 그것에 갇혀 삶이 흔들리게 된다.

세상살이에 어려움이 있다고
달아나서는 안 된다.
그 어려움을 통해 그걸 딛고 일어서라는
새로운 창의력, 의지력을 키우라는
우주의 소식으로 받아들여야 한다.

법정

_ 사는 것의 어려움

스스로를 이기는 자

소나무가 한겨울에도
주눅 들지 않고 생동감이 넘치는 것은
추위를 이기는 강한 의지 때문이다

대나무가 눈발 속에서도
푸른 잎을 틔우고 독야청청하는 것은
겨울을 두려워하지 않는 용기 때문이다

삶을 빛내며 사는 사람들은
그 어떤 어려움에도 굴하지 않고
묵묵히 이겨냈기 때문이다

인생을 향기 가득한 꽃밭으로 만들고 싶다면
그 어떤 시련과 고통에도 맞서 이겨내야 한다

스스로를 이기는 자가 강한 자이니
보라,
그대가 원하는 것을 얻게 되리라

똑같이 어려운 상황에서도 어떤 이는 아무렇지도 않게 이겨내고, 어떤 이는 두려워하여 갈피를 잡지 못한다. 스스로를 이겨내는 자가 가장 강한 자이니, 자신이 원하는 것을 얻고 싶다면 자신을 이기는 자가 되라.

자기 식대로 살려면
투철한 개인의 질서가 전제되어야 한다.
그 질서에는 게으르지 않음과
검소함과 단순함과
이웃에게 해를 끼치지 않음도 포함된다.

법정

_ 다시 길 떠나며

나를 살고 싶다면

모든 자유로움엔 책임과 의무가 따른다

이를 지키지 못하는 자는
자유로움으로부터 자유로울 수 없나니,

자기만의 삶을 살고 싶다면
타인과의 사이나 사회적 질서에 반하지 마라

자유와 방종을 혼동하지 마라
자유는 방종이 아니다

진정한 자유를 누리며 자기 식대로 살고 싶다면
남에게 해를 끼치거나 피해 주지 말고
자신의 자유에 대한 책임과 의무를 다하라

자기만의 삶을 살고 싶다면 그에 대한 책임과 의무를 다해야 한다. 나에게는 좋더라도 타인에게 해를 끼치거나 피해를 준다면 이는 방종이 될 뿐이다. 나만의 자유에도 책임과 의무가 따르는 법이다.

사람은 자연으로부터
그 질서와 겸허와 미덕을
배워야 한다.

법정

_ 인간의 배경

묵언의 스승

풀 한 포기 꽃 한 송이
한 그루의 나무를 비롯한 따뜻한 숨결을 품은
자연 하나하나엔 우주가 깃들어 있다

그것은 지극히 자유롭지만
무한한 생명과 질서와 아름다움을 품고 있다

한 마디 말이 없어도 그 어느 성자보다도
가르침은 깊고 높고 우뚝하다

날마다 자연의 소리에 귀 기울여라
자연의 설법에 마음을 모으고 묵상하라

한 마디 말이 없이도
묵언의 스승은 저토록 환하고 영롱하도다

아무리 품격 높은 성자라 해도 한 포기의 풀, 한 송이의 꽃, 한 그루의 나무에 비할 바가 못 된다. 이들 자연은 말 한 마디 없이 사람들을 설법으로 이끈다. 자연은 가장 품격 높은 묵언의 스승이다.

참다운 삶이란 무엇인가.
욕구를 충족시키는 생활이 아니라
의미를 채우는 삶이어야 한다.
의미를 채우지 않으면 삶은 빈 껍질이다.

법정

_ 끝없는 탈출

무가치한 삶

아무리 예쁜 꽃도
향기가 없다면 무슨 소용인가

그 아무리 멋지고 우뚝한 나무도
열매를 맺지 못한다면 무슨 소용인가

알맹이 없는 밤송이는 무슨 소용이며
날지 못하는 새는 무슨 소용인가

보라,
밤하늘이 아름다운 것은
밤하늘 가득 반짝이는 별들의 노래와
달에 있음이니,

그 아무리 겉이 화려하고 그럴 듯해도
속이 비거나 허하면 무슨 소용이 있으랴

그 아무리 겉이 화려해도 속이 비었다면 무슨 가치가 있으랴. 참된 가치는 의미에 있고, 참된 삶 또한 의미가 있어야 한다. 참된 삶을 살고 싶다면 의미 있는 삶을 살아야 한다.

소유로부터
자유로워야 한다.
사랑도 인간관계도 마찬가지다.

법정

_ 소유로부터의 자유

버리고 비우라

네가 진실로 평안을 바란다면
네 마음을 가득 채운 탐욕으로부터 벗어나라

버리고 비우지 않고는 채울 수 없나니
버리고 비우는 자만이
그것이 돈이든 명예든 지위든 사랑이든
그 어느 것으로부터라도 자유로울 수 있음이다

정녕 이르노니 네가 진실로 자유롭고 싶다면
너를 속박하는 그 모든 탐욕과 소유로부터
미련 두지 말고 벗어나야 하리

통에 무언가를 채우기 위해서는 통 안의 것을 비워야 한다. 마찬가지로 진정한 행복을 느끼기 위해서는 욕심도, 허욕도 버려야 한다. 버리는 자만이 삶의 의미를 채울 수 있고 행복도 채울 수 있는 법이다.

몸은 길들이기 나름이다.
너무 편하고 안락하면 게으름에 빠지기 쉽다.
잠들 때는 복잡한 생각에서 벗어나
숙면이 되도록 무심해져야 한다.

법정

_ 생활의 규칙

무심無心이 필요할 때

마음이 가난한 자는
걱정으로부터 흔들리지 아니하고

마음이 가득한 자는
마음의 매임으로부터 벗어나지 못한다

무심無心은 아무 생각이 없는 것이 아니라
생각은 있으되 생각에 빠지지 않음이다

무릇,

게으름과 안락함을 경계해야 하나니

그것은 생각의 잠으로부터

벗어날 수 있는 참 지혜이니라

현대인들은 많은 생각을 하며 산다. 하루가 다르게 쏟아져 나오는 문명의 이기, 하루가 다르게 변화하는 사회적 현실은 사람들을 생각의 무덤에 갇히게 한다. 그로 인해 불면증에 시달리고 삶이 허기진다. 때로는 무심해져야 한다. 생각은 하되 생각에 빠짐을 경계하라.

우리 앞에는 항상
오르막길과 내리막길이 놓여 있다.
이 중에서 하나를 선택해야 한다.

법정

_ 어느 길을 갈 것인가

선택의 순간

길을 가다 보면
어느 길로 가야 할지 선택의 순간이 온다

무언가를 하다 보면
과연 이 일을 계속해야 할지를
생각할 때가 온다

이는 오르막이 있으면
내리막이 있는 것과 같은 이치려니,

선택의 결과에 따라 웃을 수도 있고
슬퍼할 수도 있는 것이 인생이다

모든 인생은 자신의 선택에 의해 결정된다

분수를 넘어 지나침을 따르지 말고
지혜롭게 선택하는 혜안慧眼을 기르라

인생은 모든 것이 선택이다. 선택에 따라 인생의 희로애락이 결정되는 바, 지혜롭게 선택하는 혜안을 길러라.

아무리 좋은 말이
우리를 기다리고 있다고 할지라도
내 자신이 들을 준비가 되어 있지 않으면
그 어떤 좋은 말도
내게는 무의미하고 무익하다.

법정

_ 좋은 말

잘 들을 준비를 하라

아무리 생명이 넘치는 풋풋한 말도
아무리 희망을 주는 기쁨의 말도
아무리 마음을 충만하게 하는 축복의 말도
아무리 가슴을 절절하게 하는 사랑의 말도
들을 준비가 되어 있지 않으면
바람에 날리는 무익한 먼지와 같음이라
잘 듣기 위해서는 마음을 다하고 뜻을 다해야
듣는 귀가 복되고 삶에 유익함이 따르느니라

충언역이이어행忠言逆耳以於行이라. 듣기 좋은 말은 귀에 거슬리지만 행동에 도움이 되는 것처럼 자신의 몸가짐이나 삶에 도움이 되는 말은 귀담아 들어야 한다. 잘 들을 준비가 되어 있는 사람이 결국은 잘되는 법이다.

보지 않아도 될 것은 보지 말고
듣지 않아도 될 소리는 듣지 말고
먹지 않아도 될 음식은 먹지 말고
읽지 않아도 될 글은 읽지 말아야 한다.

법정

_ 하루 한 생각

마음을 단단히 하라

마음이 단단한 것과 마음이 허한 것은
극명하게 드러나느니,

마음이 허하면 생각도 행동도 허해
쓸데없는 것에 눈길을 주고
듣지 말아야 할 것에 귀를 기울이고
말초적이고 자극적인 것에 몰입하게 된다

하지만 마음이 단단하면
그 어떤 미혹에도 마음을 빼앗기지 않으며
눈길조차 주지 않고
귀 기울이는 것조차 스스로 용납하지 않으니
마음을 단단히 하라

마음이 단단한 자는 자신에게 엄정하되
마음이 허한 자는 자신에게 관대하느니라

심지가 굳은 자는 헛된 것에 한눈팔지 아니하고, 그 어떤 미혹에도 흔들리지 아니한다. 그러나 마음이 허하면 하찮은 것에도 쉽게 빠져들고, 쉽게 미혹된다. 마음을 단단히 하기 위해서는 사색을 하고 스스로를 갈고 닦아야 한다.

풍요 속에서는
사람이 타락하기 쉽다.
그러나 맑은 가난은
우리에게 마음의 평안을 가져다 주고
올바른 정신을 지니게 한다.

법정

_ 산에는 꽃이 피네

청빈한 삶

풍요는 사람을 교만하게 한다

풍요는 사람을 탐욕적이게 한다

풍요는 좋은 것이나 자칫 독이 될 수 있다

그러나 스스로 원하는 가난은
시원하고 달콤한 맑은 샘물과 같아
마음에 갈증을 풀어 주고 안식을 심어 준다
심지를 견고히 하고 흔들림 없이 살고 싶다면
풍요에 집착 말지니 스스로를 가난하게 하라

마음이 가난한 자는 탐욕이 없고 분수를 안다. 그런 까닭에 마음이 가난한 자는 죄의 길에 들지 않고 옳은 길에서 떠나지 않는다. 마음을 가난하게 하라.

믿음은 머리에서 나오지 않는다.
가슴에서 온다.
머리에서 오는 것은 지극히 추상적이고 관념적이다.
머리는 늘 따지고 의심한다.
그러나 가슴은 받아들인다.
열린 가슴으로 믿을 때 그 믿음은 진실한 것이고
또 살아 움직이는 것이다.

법정

_ 산에는 꽃이 피네

따뜻함을 품은 가슴

머리는 계산적이고
추상적이고 영악스러우나

가슴은 고운 정을 품고
사랑을 담고 있어 평온하고 따뜻하다

사람답게 살게 하는 것은
똑똑하고 관념적인 머리가 아니라

기쁨에는 같이 기뻐하고 슬픔에는 같이 슬퍼하고
힘들고 어려운 일엔 따뜻한 사랑으로
보듬어 주고 염려해 주는 가슴이다

행복하고 즐겁게 살고 싶다면
머리를 너무 믿지 말고
열린 가슴으로 받아들이고 이해해야 하나니,

따뜻함이 넘치는 가슴은 진정 아름답다

좋은 생각, 나쁜 생각은 같은 머리에서 나온다. 머리는 이성적으로 말하고 행동하게 한다. 하지만 가슴은 정을 품고 사랑을 품는다. 행복하게 살기 위해서는 따뜻한 가슴을 품고 살아야 한다.

7부

시처럼 너를 살아라

누구에게나
삶의 고민이 있다.
그것이 그 삶의 무게이다.
그것이 그 삶의 빛깔이다.

법정

_ 산에는 꽃이 피네

고민의 힘

고민을 감추지 마라
고민함으로써 막힌 삶의 터널을 뚫어라

고민하고 고민하되
생산적이고 창의적으로 고민하라

그것을 고통을 주는 것이 아닌
삶의 해법을 찾는 지혜가 되게 하라

이 세상의 모든 아름다운 결과는
고민 끝에 이뤄낸 값지고 귀한
삶의 은총이자 고통의 열매이니라

고민 없는 사람은 없다. 그러나 어떤 이는 고민을 생산적으로 이끌어 냄으로써 아름다운 결과를 이루고, 어떤 이는 고통으로 여겨 부정적인 결과를 낳는다. 고민을 긍정적으로 생각하라. 그러면 좋은 결과를 낳게 된다.

개체를 넘어서 전체를 생각해야 한다.
소욕지족, 적은 것으로써
만족할 줄 알아야 한다.
그래야 넉넉해진다.

법정

_ 산에는 꽃이 피네

넉넉한 나를 사는 법

더 많이 행복하고
지금보다 더 만족한 나를 살기 위해서는
적은 것에서 만족할 줄 알아야 한다

크고 좋은 것에서
행복을 찾고 만족한 나를 살려고 한다면
그런 기회는 그리 많지 않을 것이다

그것은 행복을 찾는 일에

만족한 나를 사는 일에

별 도움이 되지 않기 때문이다

더 많이 행복하고

지금보다 더 많이 만족하고 싶다면

작은 일에서 행복을 찾아라

작은 일에서 더 많이 만족하라

크고 풍족한 것에서 행복을 찾고 만족하고자 한다면 오히려 불행을 느끼고 불만족하게 될 것이다. 크고 풍족한 것은 한정되어 있기 때문이다. 그런 까닭에 작은 것에서 행복을 찾을 때 더 많이 행복하고 만족할 수 있는 것이다.

건성으로 보지 말고 유심히 바라보라.
그러면 거기에서 자연이 지니고 있는,
생명이 지니고 있는
신비성과 아름다움을 캐낼 수가 있다.

법정

_ 산에는 꽃이 피네

자세히 보라

세상에 존재하는 것은

그것이 무엇이든

의미가 있고 아름다움이 깃들어 있나니,

의미를 발견하고

아름다움을 느끼고 싶다면

자세히 살피는 눈을 길러야 한다

그냥 보면

아무것도 아닌 것처럼 보이는 것들도

자세히 보면 신비로움을 품고 있나니,

하나를 보아도 자세히 보아야 한다

신비로움과 아름다움이

너를 참되고 복되게 할 것이다

이 세상에 존재하는 것은 모두 그 나름의 의미가 있고 아름다움이 깃들어 있다. 삶을 좀 더 가치 있게 살고 싶다면 하찮고 보잘것없는 것들에게도 눈길을 주어라. 그로 인해 더 진실된 삶의 가치를 발견하게 될 것이다.

삶의 부피보다는
질을 문제 삼아야 한다.

법정

_ 산에는 꽃이 피네

삶은 질이다

삶을 잘 살아가기 위해서는
무엇이 되기 위해 마음 쓰기보다는
어떻게 살아야 하느냐에 마음을 써야 한다

얼마나 많이 갖고 있느냐가 아니라
얼마나 행복하느냐에 따라
삶의 질이 결정되기 때문이다

행복한 삶을 물질의 부피에서 찾지 마라
행복한 삶을 결정짓는 것은
스스로를 행복하게 하는 삶의 질에 있느니라

행복은 물질의 부피에 있지 않고 삶의 질에 있다. 가난하지만 행복하다고 말하는 이들은 자신만의 행복의 척도가 있다. 그런 까닭에 행복을 물질에서 찾지 않고 스스로 행복을 추구한다. 삶의 질에서 행복을 느끼는 것이다.

우리가 세상을 살아가면서
하루 동안에 한 가지라도
착한 일을 듣거나 행할 수 있다면
그날 하루는 결코 헛되이 살지 않고 잘 산 것이다.
이 말을 거듭 명심해야 한다.

법정

_ 산에는 꽃이 피네

헛되지 않게 하라

일일일선一日一善은
인간으로서의 마땅한 도리이자
행함이니,

이를 어찌 그냥 지나칠 수 있으리

산은
숲이 있어 더욱 푸르고,

강은

흐름이 장엄하여 더욱 고요하나니,

네가 행한 그 일이

헛되지 않고 너에게 덕이 되게 하라

하루를 헛되이 살면 그만큼 마이너스 인생을 살지만, 하루를 착하게 살면 플러스 인생을 사는 것이다. 마이너스 인생이 되느냐, 플러스 인생이 되느냐는 오직 자신이 결정할 문제다. 우리가 나아갈 길은 간단하다. 플러스 인생을 살아라.

나뭇잎을 떨어뜨려야
내년에 새 잎을 피울 수 있다.
나무가 그대로 묵은 잎을 달고 있다면
새 잎도 피어나지 않는다.
사람도 마찬가지다.
매 순간 어떤 생각, 불필요한 요소들을
정리할 수 있어야 한다.
그렇게 해야 새로워지고 맑은 바람이 불어온다.

법정

_ 산에는 꽃이 피네

새로운 나를 살고 싶다면

낡은 옷을 버리듯

낡은 생각, 탐욕, 시기심,

헛된 생각, 미움, 걱정, 질투 등

비생산적이고 부정적인 마음의 찌꺼기들을

마음에 담아두지 말고 다 거둬내라

버려야 할 걸 버리지 못하면

새로운 것을 받아들이는 데 걸림돌이 되나니,

정녕 새로운 나를 살고 싶다면

하나도 남김없이 살뜰히 다 버려야 하느니라

낡은 생각으로는 새로운 일을 할 수 없고, 헛된 생각으로는 진실한 일을 행할 수 없다. 새롭고 진실된 삶을 살고 싶다면 낡고 헛된 생각을 마음으로부터 말끔히 거둬 내라. 그리고 그 안에 새롭고 진실된 생각으로 가득 채워라.

물건은
우리를 행복하게 해 주지 못한다.
소유물은 오히려 우리를 소유해 버린다.
필요에 따라 살되 욕망에 따라 살면 안 된다.

법정

_ 산에는 꽃이 피네

욕망을 멀리하라

필요에 따라 살면
삶은 분노하거나 미워하지 않는다

그러나 욕망에 따라 살면
삶은 분노하기를 주저하지 않는다

헛되지 않고
너를 너답게 살고 싶다면
필요에 따라 살되,

네가 소유한 것의 소유물은 되지 마라

거듭 이르노니
너를 미혹하는 것들로부터 멀리하라

만일 그러지 않는다면
너를 불행의 늪에 빠트릴 것이리니,

필요에 따라 살되 욕망을 멀리하라

필요에 따라 살면 문제될 것이 없다. 욕망에 따라 살려고 하기 때문에 문제가 발생하는 것이다. 필요는 마땅한 일이나 욕망은 뜬구름과도 같다. 필요에 따라 살 때 삶은 기쁨으로 화답할 것이다.

개울가에 산목련이
잔뜩 꽃망울을 부풀리고 있다.
한 가지 꺾어다 식탁 위에 놓을까 하다 그만두었다.
갓 피어나려고 하는 꽃에게
차마 못할 일 같아서였다.

법정

_ 봄 여름 가을 겨울

세상에 존재하는 것은

세상에 존재하는 것은
그 무엇이든 생명을 품은 이유가 있나니

꽃이든, 나무든, 풀이든
사람을 해롭게 하지 않는 이상
이름 없는 벌레일지라도
그것들의 생명을 함부로 하지 마라

무릇 이르노니,

생명은 창조주만의 고유한 영역이므로

그것을 범함은 스스로 죄에 드는 일임을 알라

불필요한 살생을 금하라. 한낱 이름 없는 들풀이나 벌레일지라도 사람을 해하지 않는다면 그대로 두라. 생명을 품은 것은 그 무엇이든 존재의 이유가 있는 법이다.

가랑잎 밟기가 조금은 조심스럽다.
아무렇게나 흩어져 누워 있는 가랑잎 하나에도
존재의 의미가 있을 것 같다.
우리가 넘어다볼 수 없는
그들만의 질서와 세계가 있을 법하다.

법정

_ 봄 여름 가을 겨울

함부로 하지 마라

꽃 함부로 따지 마라
나뭇가지 함부로 꺾지 마라

설령 그것이
땅에 떨어져 구르는 하찮고 보잘것없는
낙엽일지라도 함부로 밟지 마라

그 모든 것 하나하나가 모여
산이 되고 지구가 되고 우주가 되나니
그 질서와 순리를 결코 거스르지 마라

그것은 자연에 대한 모독이며 불순함이니,
자연 하나하나는
장엄한 우주의 숨결임을 알아야 할지니라

자연은 우주의 숨결이 깃들어져 있는 작은 우주이다. 이를 함부로 한다는 것은 우주의 질서를 어지럽히는 일이니, 이를 조심해야 한다. 자연이 있음으로 해서 우리가 있는 것이다. 우리 또한 자연의 일부이니 이를 명심해야 할 것이다.

모든 생명이 살아서 수런거리는 이 힘을
우리는 봄이라고 부른다.
이렇듯 장엄한 생명의 용솟음을
누가 무슨 힘으로 막을 수 있겠는가.
얼었던 대지가 풀리고
마른 나무에 움이 트는 이 일을
누가 어떻게 막을 수 있단 말인가.

법정

_ 봄 여름 가을 겨울

위대한 시작

봄이 오면

겨우내 잠잠했던 대지는 들뜨기 시작한다

뜨거운 기운이 대지를 감싸며

따뜻한 생명의 숨결을 불어넣기 때문이다

봄은,

생명이 부활하는 역동力動의 계절

모든 계절은 봄으로부터 오나니,

봄은 위대한 시작이다

모든 계절은 봄으로부터 시작한다. 봄은 생명의 계절이며, 부활의 계절이다. 봄이 역동적인 것은 뜨거운 생명을 품고 있어서이다. 봄이 새 생명을 품듯 우리 또한 꿈을 품고 노력해야 한다. 그랬을 때 꿈은 원하는 것을 내어 줄 것이다.

개나리나 옥매 같은 꽃은 필 때는 고운데
잎이 퍼렇게 나와 있는데도 질 줄 모르고
누렇게 빛이 바래지도록 가지에 매달려 있다.
보기에 측은하고 추하다.
그러나 모란이나 벚꽃은 필 만큼 피었다가
자신의 때가 다하면 미련 없이 무너져 내리고
훈풍에 흩날려 뒤끝이 산뜻하고 깨끗하다.

법정

_ 봄 여름 가을 겨울

썩 괜찮은 사람

물이 가득 찬 호수의 풍경은
한 폭의 그림 같지만
물이 빠진 호수의 풍경은 황량함 그 자체다

사람도 이와 같다

처음엔 좋았다가
시간이 지나면서 점점

나쁜 모습을 보이는 이들이 있는가 하면

처음도 나중에도 한결 같지만
떠날 때 모습이 더 멋진 이들이 있다

떠날 때 모습이 멋진 사람이 되어야 한다

그것만으로도 썩 괜찮은 사람이라는 걸
그를 아는 사람들은
두고두고 기억할 것이기 때문이다

지내는 동안에도 잘 지내야 하지만 떠날 땐 더더욱 잘 떠나야 한다. 떠날 때의 모습이 아름다운 사람이 진정 인생을 잘 산 사람이다. 떠날 때 모습이 아름다운 사람이 되라.

한지의 아름다움은
창호에서 느낄 수 있다.
양지의 반들반들한 매끄러움과 달리
푸근하고 아늑하고 말할 수 없이 부드럽다.
양지가 햇빛이라면
우리 한지는 은은한 달빛일 것이다.
달빛의 이 은은함이 우리 마음을 편하게 감싸 준다.

법정

_ 봄 여름 가을 겨울

삶의 달빛

한지의 아름다움은
화려하지 않으면서도
은은하고 아늑한 절제미切除美에 있다

마치 명주실을 곱게 짠 비단결처럼
멋스러움의 품격이 스며 있다

아무리 초라한 모습일지라도

말과 행동거지가 품위 있고 반듯하면

한지의 멋스러움처럼 품격이 있다

한지의 은은함처럼

사람들 사이에 달빛 같이 스며들어야 하나니,

내가 하는 말과 행동거지가

사람들에게 삶의 달빛이 되게 하라

말과 행동을 보면 그 사람의 됨됨이를 알 수 있다. 말과 행동은 그 사람의 품격을 알 수 있는 바로미터이다. 사람들과 좋은 인간관계를 맺고 싶다면 품격 있게 말하고 행동하라.

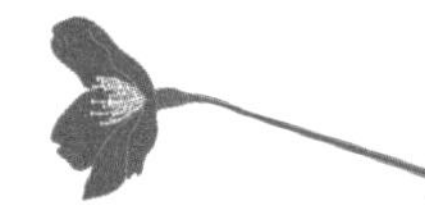

빗자루와 걸레를 들고 하는 청소란
단순히 뜰에 쌓인 티끌이나 방바닥과 마룻장에 낀
때만을 쓸고 닦아내는 일만은 아니다.
쓸고 닦아내는 그 과정을 통해서
우리들 마음속에 묻어 있는 티끌과 얼룩도
함께 쓸고 닦아내는 데에
청소의 또 다른 의미와 묘리가 있을 것이다.

법정

_ 봄 여름 가을 겨울

마음을 씻는 일

나는 청소할 때면 희열을 느낀다

하나하나 치우고 말끔히 정리하다 보면
가지런해지는 그 깨끗함이 너무 좋다

청소를 한다는 것은 수행의 그것처럼
마음을 씻는 세심洗心의 행위인 것이다

마음이 답답하거나 어쩌지 못할 땐
창문을 열고 구석구석 쌓인 먼지를 털어내라
무거웠던 몸도 마음의 먼지도 함께 털어내라

이내 묵은 마음이 사라지고 평온케 될 것이다

살다 보면 듣지 않아도 될 말을 듣게 된다. 이는 소음과도 같아 마음을 불편하게 하고 불안하게 한다. 이럴 때 마음을 다스려 묵은 마음을 씻어내야 한다. 그래야 평온한 마음으로 일상을 맞게 됨으로써 긍정적인 삶을 영위하게 된다.

나는 겨울 숲을 사랑한다.
신록이 날마다 새롭게 번지는
초여름 숲도 좋지만,
걸치적거리는 것을 훨훨 벗어 버리고
알몸으로 겨울 하늘 아래 우뚝 서 있는
나무들의 당당한 기상에는 미칠 수 없다.

법정

_ 봄 여름 가을 겨울

겨울 숲에 들면

아무것도 없을 것 같은
휑한 겨울 숲에 들면 꽉 찬 충만함이 느껴진다

봄 여름 가을을 지내는 동안
꽃, 나무, 새, 다람쥐, 노루, 사슴 등이
쏟아낸 말들이 서걱이는 바람소리와 함께
귓가를 적시며 노래가 되어 흐른다

특히 잎을 비워 낸 갖가지 겨울나무는
묵언의 성자처럼 온화한 미소로 반겨준다

겨울이 오면 가끔 겨울 숲에 들라

안 보이던 길이 보이고 지금껏 들어보지 못했던
나무의 고고한 설법에 귀가 번쩍 뜨일 것이다

비어서 더 충만한 겨울 숲에 들면 꽉 찬 가득함을 느끼게 된다. 비어 있다는 것은 채울 수 있음을 의미하기 때문이다. 하늘도 겨울 하늘이 더 높아 보이는 것은 휑한 공간이 주는 느낌 때문이다. 사람도 이와 같나니 채우려고만 하지 말고 쓸데없는 욕망과 생각을 비워 내라. 그로 인해 충만함을 느끼게 될 것이다.

> 짐승은
> 사람을 믿고 의지하려는데
> 사람은 같은 사람을 못 믿어 하다니,
> 크게 잘못된 일이다.
>
> 법정
>
> _ 봄 여름 가을 겨울

믿음으로 통하라

사람이 사람을 믿지 못하는 것은
가슴과 가슴 사이가 멀어졌기 때문이리니
가슴 사이의 간격을 좁혀야 한다

사람과 사람이 거리를 두는 것은
마음과 마음 사이에 벽이 쳐져 있기 때문이리니
마음 사이의 벽을 거둬내야 한다

사람이 사람인 것은 따뜻한 가슴을 가졌고
옳고 그름을 판단하는 지각을 가졌기 때문이다

그런데 서로를 믿지 못한다는 것은
인간이기를 스스로 포기하는 것과 같나니,

믿음과 믿음으로 통하고 하나이길 바란다면
가슴과 가슴 사이의 간격을 좁히고
마음과 마음 사이의 벽을 말끔히 거둬내라

사람이 사람을 믿지 못하는 것은 소통이 부족하기 때문이다. 또한 믿음과 신뢰할 수 있는 환경이 조성되지 않은 까닭이다. 소통을 통해 마음을 열게 되면 믿음과 신뢰는 자연히 형성된다. 소통하라. 소통은 마음의 문을 여는 열쇠이다.

가슴에 녹이 슬면 삶의 리듬을 잃는다.
시를 낭송함으로써
항상 풋풋한 가슴을 지닐 수 있다.
사는 일이 곧 시가 되어야 한다.

법정

_ 어떤 주례사

시처럼 너를 살아라

네 가슴을 맑고 촉촉하게 하라
서정의 강물에 네 마음을 적셔라
네가 하는 생각, 말, 행동 하나하나가
향기를 품은 꽃처럼 향기롭게 하라

네 가슴이 녹슬지 않게
늘 맑고 고운 시향詩香이 풍기게 하라
그리하여 너는 시가 되고
네가 사는 일이 향기 나는 노래가 되게 하라

꽃이 사람들로부터 사랑받는 것은 예쁨에도 있지만, 그윽하고 향긋한 향기가 있기 때문이다. 향기는 꽃의 숨결이다. 마찬가지로 사람들에게도 저마다의 향기가 있다. 어떤 이에겐 고운 향기가 나고 어떤 이에겐 악취가 난다. 고운 향기를 전하는 꽃처럼 너를 살아라.

우리가 아름다움을 모른다면
결코 행복에 이를 수 없다.
아름다움이야말로
살아 있는 기쁨이기 때문이다.

법정

_ 어느 암자의 작은 연못

행복에 이르는 길

아름다움을 느낄 수 있는 눈을 가져라

아름다움을 가꿀 수 있는 마음을 가져라

아름다움을 실행할 수 있는 결단력을 가져라

아름다움을 나눌 수 있는 가슴을 가져라

아름다움이란 아름다움을 행할 때
더욱 아름다움의 빛을 뿜어내 널리 발하나니
아름다움이야말로 참 행복에 이르는 길이다

그리하여 널리 이르노니,
저마다 아름다움의 이름으로 그대의 길을 가라

아름답다는 한 마디 말에 사람들은 꽃처럼 환하게 웃는다. 아름답다는 말은 달콤한 꿀과 같아 사람들의 마음을 물결치게 한다. 아름답다는 것, 말하는 사람이나 듣는 사람 모두를 행복하게 하는 참 향기로운 말이다.

자신을 삶의 변두리가 아닌 중심에 두면
어떤 환경이나 상황에도
크게 흔들림이 없을 것이다.

법정

_ 알을 깨고 나온 새처럼

나의 주인

나의 주인을
내 바깥에서 찾지 마라

자신을 삶의 중심에 두는 것,
이것이 바로 나의 주인으로 사는 길이다

나의 주인은 그 누구도 아닌
바로 나 자신이다

최선의 인생을 살고 싶다면
멋지고 의연하고 따뜻한,
품격 있는 스스로의 주인이 되어라

자기 인생의 모든 것은 자신에게 달려 있다. 충만하고 따뜻한 인생을 살고 싶다면 그 누구에게도 의지하지 말고 스스로 자신의 주인이 되어야 한다.

8부

삶에도 브레이크가 필요하다

사람은 저마다 자기 몫이 있다.
자신의 그릇만큼 채운다.
그리고 그 그릇에 차면 넘친다.
자신의 처지와 분수 안에서
만족할 줄 안다면 그는 진정한 부자이다.

법정

_ 자신의 그릇만큼

자신의 몫

꽃이 저마다 자신의 향기가 있듯
사람은 저마다 자신의 그릇이 있다

그 그릇의 크기는 사람에 따라 다르나니
그것은 그 사람이 지닌
저마다의 삶의 몫인 용량이 다르기 때문이다

자신답게 잘 살기 위해서는

남의 그릇을 넘보지 말고

자신의 그릇 용량에 맞게 채우고 살아야 한다

남의 떡이 더 커 보인다는 말이 있다. 사람들은 자신의 것보다는 남의 것에 더 관심을 보이는 경향이 있다. 남의 떡을 부러워하지 말고 자신의 떡을 더 크게 하라. 그것이야말로 자신의 몫을 사는 일이다.

들꽃은 그 꽃이 저절로 자라는
그 장소에서 보아야 제대로 볼 수 있다.
꽃만 달랑 서 있다면 무슨 아름다움이겠는가.
덤불 속에 섞여서 피어 있을 때
그 꽃이 지닌 아름다움과 품격이
막힘없이 드러난다.

법정

_ 들꽃을 옮겨 심다

배경의 미적美的 의미

별이 빛나는 것은

캄캄한 하늘이 배경이 되어 주기 때문이듯

빛나는 삶을 사는 사람에겐

말없이 도움을 주는 사람들이 있다

무엇이든 빛나는 것은

배경이 되어 주는 것들의 헌신이 함께 하나니,

주변을 한 번 돌아보라

그리고 힘이 되어 주는 이들에게 소리 높여 감사하라

주연 배우가 아무리 연기를 잘 한다고 해도 조연과 단역 배우, 엑스트라가 함께 조화를 이루지 못한다면 제 맘껏 연기를 할 수 없다. 배경이 되어 주는 사람들로 인해 주연 배우의 연기는 더욱 돋보이는 것이다. 마찬가지로 인생을 잘 살기 위해서는 배경이 되어 주는 이들에게 최선을 다하라.

너무 외로움에 젖어 있어도 문제지만
때로는 옆구리께를 스쳐가는
외로움 같은 것을 통해서
자기 정화, 자기 삶을 밝힐 수 있다.
따라서 가끔은 시장기 같은
외로움을 느껴야 한다.

법정

_ 산에는 꽃이 피네

외로우면 외로워하라

외로우면 외로워하라
외로운 걸 억지로 참지 마라
인간에게 외로움이 없다면
그건 인간의 가슴이 아니다

태초로부터 인간은

외로움을 안고 태어났나니,

인간은 외로움으로써 인간미를 잃지 않는다

외로울 땐 외로워하고 외로워하라

사람이 외로움을 느끼지 못하면 주변 사람들의 소중함을 모른다. 가끔씩 외로워 봐야 가족의 소중함도, 친구와 동료들의 소중함도 알게 된다. 지나친 외로움은 독이 될 수도 있지만, 적당한 외로움은 오히려 인생의 약이 된다.

우리가 너무 외부적인 것,
외향적인 것, 표피적인 것,
이런 데만 관심을 갖다 보니까 마음이 황폐해졌다.
옛날보다는 훨씬 많이 갖고 있으면서도
마음들은 오히려 더 허전하고 갈피를 잡지 못한다.

법정

_ 산에는 꽃이 피네

비움의 의미

산을 보라

산은 모든 것을 비워 냈을 때
더 충만해 보인다

마치 고도高道의 수행자처럼 엄숙하다
바라보는 것만으로도 평온해진다

산을 배워라
비워 내면서도 흔들림 없는 저 충만함을

비워 낸 자만이 안다
비우는 것은 채움의 역설이라는 것을

모든 잎을 비워 낸 겨울산은 오히려 꽉 찬 충만감을 준다. 나무와 나무 사이의 간격이 비워 낸 잎만큼 떨어져 보이지만, 그런 만큼 여유가 있어 좋다. 이 여유로움이 마음을 충만하게 하는 것이다. 우리 또한 탐욕과 눈에 보이는 겉치레를 벗어버릴 때 여유를 갖고 살게 된다. 삶의 여유는 충만함을 주는 미덕이기 때문이다.

사람은
어떤 묵은 데 갇혀 있으면 안 된다.
꽃처럼 늘 새롭게 피어날 수 있어야 한다.
살아 있는 꽃이라면
어제 핀 꽃하고 오늘 핀 꽃은 다르다.
새로운 향기와 새로운 빛을 발산하기 때문이다.

법정

_ 산에는 꽃이 피네

날마다 새로운 오늘

어제와 오늘이 다르지 않다면
삶은 하기 싫은 일을 하는 것처럼 지루할 것이다
지루하지 않은 오늘이 되기 위해서는
어제와는 다른 오늘의 내가 되어야 한다

오늘은 어제와 다른 삶이어야 한다

태양이 날마다 떠오르며 빛을 밝히듯

새로운 빛을 발산하며 사는 삶이어야 한다

날마다 새로운 오늘이어야 한다

날마다 새로운 내가 되어야 한다

오늘이 어제와 같다면 답답하고 지루할 수밖에 없다. 자신을 역동적으로 사는 사람들은 이를 잘 알기에 새로운 자신으로 살기 위해 노력한다. 날마다 새로운 오늘을 맞아라. 하루하루가 에너지 넘치는 인생이 될 것이다.

누군가를 기쁘게 해 주면 내 자신이 기뻐지고,
누군가를 언짢게 하거나 괴롭히면
내 자신이 괴로워진다.
이것이 바로 마음의 메아리이다.
마음의 뿌리는 하나이기 때문에 그렇다.

법정

_ 산에는 꽃이 피네

행함의 법칙

해바라기를 심은 곳에서는
해바라기가 자라고

채송화를 심은 곳에서는
채송화가 자란다

우리의 삶도 이와 같나니
선善의 씨를 심으면 선으로 돌아오고
악惡의 씨를 심으면 악이 되어 돌아온다

자신이 하는 대로
받게 되는 것이 정한 이치니,

그 무엇이든
자신이 받고자 하는 대로 행하라

옥수수를 심으면 옥수수가 자라고 감자를 심으면 감자가 자란다. 모든 것은 심은 대로 거두는 법이다. 사랑받고 싶으면 먼저 사랑을 주어라. 행복하고 싶다면 먼저 행복하기 위해 노력하라. 자신이 한 대로 받는 게 삶의 법칙임을 잊지 마라.

따뜻한 가슴을 지녀야
청빈한 덕이 자란다.
우리가 불행한 것은
경제적인 결핍 때문이 아니다.
따뜻한 가슴이 없기 때문에
불행해지는 것이다.

법정

_ 산에는 꽃이 피네

따뜻한 가슴

추운 겨울
바람을 막아 주는 벽에 기대 보라

싸늘함이
몸을 빠져나가는 것을 느끼게 될 것이다

따뜻한 햇볕이 잘 드는
양지쪽 벽 아래에 들면
훈훈한 기운이 몸속 깊이 스며든다

덕德 또한 이와 같나니

덕 있는 자에게서 평안함을 느끼는 것은

따뜻함을 품고 있기 때문이다

따뜻한 가슴을 지녀라

덕은 따뜻한 가슴에서 꽃처럼 피어난다

덕德은 삶의 향기이다. 그래서 덕이 있는 사람 주변엔 사람들이 많다. 삶의 향기가 그들을 불러모으기 때문이다. 덕은 따뜻한 가슴에서 오나니 늘 따뜻한 가슴으로 사람들을 맞으라. 그 덕이 당신을 복되게 할 것이다.

욕망과 필요의 차이를 알아야 한다.
욕망은 분수 밖의 바람이고,
필요는 생활의 기본 조건이다.
하나가 필요할 땐 하나만 가져야지
둘을 갖게 되면
당초의 그 하나마저도 잃게 된다.

법정

_ 산에는 꽃이 피네

지나침을 경계하라

물도 차면 흘러내리고
저울도 무거운 쪽으로 기운다

균형을 이루기 위해서는
모자람도 넘침도 없어야 하나니,

사랑도 삶도 행복도 욕망도
중심을 이룰 때 모든 것이 평탄케 된다

하여, 이르노니
조금의 넘침도 바라지 마라

지나침은 오히려 아니함만 못하나니
있는 그대로
분수에 맞게 받아들이고 행하라

물도 차면 넘치고 달도 차면 기우는 법이다. 지나침과 넘침은 오히려 해가 될 때가 있다. 지나침과 넘침을 경계하라. 모든 것을 순리에 따르라. 그러면 지나침도 넘침도 막을 수 있어 평탄한 삶을 살게 된다.

행복은 늘 단순한 데 있다.
창호지를 바르면서 아무 방해받지 않고
창에 오후의 햇살이 비쳐들 때
얼마나 아늑하고 좋은가.
이것이 행복의 조건이다.

법정

_ 산에는 꽃이 피네

단순함의 행복

단순한 삶을
살아간다는 것은 쉽지 않다

그것은 절제를 필요로 하고
때론 그에 따른 고통을
감수해야 하는 까닭이다

하지만 그처럼 살 수만 있다면
보다 완전한 행복에 이를 수 있다

단순한 삶을 산다는 것은

인간의 본질을

가장,

투명하게 성찰할 수 있기 때문이다

슈바이처, 헨리 데이비드 소로 등은 자신의 삶을 단순화했다. 슈바이처는 아프리카에서 의료 활동을 하며 가난하고 단순하게 보냈으며, 소로 역시 월든 호숫가에 초막을 짓고 단순함을 실천했다. 그러나 그들의 행복은 누구보다도 컸다. 욕심을 버리면 단순하게 살 수 있고 행복은 더 커지는 법이다.

한 사람의 마음이 맑아지면
그 둘레가 점점 맑아져서
마침내는 온 세상이 다 맑아질 수 있다.

법정

_ 산에는 꽃이 피네

은혜로운 삶

어두운 밤
캄캄한 골목길을 갈 때면
환하게 비추는 가로등이 있어
안심하고 갈 수 있다

가로등이 켜진 주변은
환한 불빛이 감싸 주고 있어
마치 어머니 품처럼 안온하다

한 톨의 씨앗이 땅에 떨어져 썩어짐으로써
많은 열매를 맺듯,

제 몸을 발하여
빛을 뿜어내는 가로등처럼
밝은 빛을 발하는 삶을 살아야 한다

온 세상이 밝아지고 맑아지게 하는
은혜로운 삶을 사는 당신이 되라

빛이 어둠을 밝히듯 삶의 빛이 되어 어둠에 빠진 사람들에게 희망이 된다면 그 얼마나 아름다운 인생인가. 누군가의 삶의 빛이 될 수 있다면 당신은 최선의 인생이 될 것이다.

오늘날 학문하는 사람에게는 기상이 없다.
생각 자체가 삶의 기쁨이 되어야 하는데,
이 다음에 써먹기 위한 수단으로, 과정으로,
출세 길을 위한 방편으로 학문을 하기 때문에
기상이나 기백이 돋아날 리 없다.
사회적 신분이나 좋은 자리를 얻기 위해 학문을 한다면
그것은 졸장부에 불과하다.

법정

_ 산에는 꽃이 피네

배움이 우리에게 말하는 것

모르는 것을 배우는 것을
신비로운 보석을 캐는 것처럼 즐거워하고
아는 것을 실천하는 것을
삶의 낙으로 삼을지니라

천지만물은 순리에 따라
우주를 운행하나니

배움 또한 이와 같음이라

배움에 있어 지켜야 할 것은
배움을 단지
출세의 수단으로 여기지 말아야 하느니라

배움의 본질은
모르는 것을 아는 데 있고
그것을 뜻있게 펼치는 기상에 있음이니,

모르는 것을 부끄러워하지 말고
좋은 때 부지런히 배움에 힘쓰라

배움은 인생의 보석이자 지적 자산이니라

배울 수 있을 때 부지런히 배워야 한다. 돈은 있다가도 없어질 수 있지만, 배움을 통해 얻은 지식은 무한하다. 지식은 삶의 보석이자 자산이다. 배우고 싶을 땐 언제든지 배워라. 배움을 즐겨라.

어두운 마음을 지니고 있으면
어두운 기운이 몰려온다고 한다.
그러나 밝은 마음을 지니고
긍정적이고 낙관적으로 살면
밝은 기운이 밀려와 우리의 삶을 밝게 비춘다.

법정

_ 행복의 비결

마음을 밝게 하라

양지쪽의 꽃은 키가 더 크고
꽃잎도 더 크고 꽃도 더 싱그럽다

음지쪽의 꽃은 키가 작고
꽃잎도 작고 꽃도 덜 싱그럽다

사람도 꽃과 같음이니
마음을 밝게 하면 밝은 에너지가 몸을 감싸
밝고 기운이 넘치지만,

마음을 어둡게 하면 어두운 에너지가 몸을 감싸
우울하고 무기력하다

활짝 핀 꽃이 기분을 좋게 하듯,
행복하고 싶다면
늘 몸과 마음을 활기차고 밝게 해야 한다

밝은 마음은 긍정적인 에너지를 뿜어내 무엇을 하든 잘되게 한다. 그러나 어두운 마음은 부정적인 에너지를 내뿜어 무엇을 하든 안 되게 한다. 잘되어 행복하고 싶다면 늘 마음을 밝게 하라.

지혜로운 사람은
움켜쥐기보다는 쓰다듬기를,
곧장 달려가기보다는
구불구불 돌아가기를 좋아한다.
문명은 직선이고 자연은 곡선이다.
곡선에는 조화와 균형, 삶의 비밀이 담겨 있다.
이것을 익히는 것이 삶의 기술이다.

법정

_ 살아 있는 것은 다 행복하라

삶에도 브레이크가 필요하다

앞만 보고 달려가다 보면
함정에 빠지기도 하고
돌부리에 채여 고꾸라지기도 한다
길을 갈 땐 좌우를 살피면서 가야
난관에 부딪치는 일을 막을 수 있다
삶도 이와 같나니
무작정 앞만 보고 달려가기보다는
때때로 옆도 보고 뒤도 보고 현재를 돌아보는
브레이크 타임이 필요하다
삶에도 브레이크가 필요하다

급히 먹는 밥에 체하듯 우리의 삶 또한 그러하다. 잘되고 싶은 마음에 무턱대고 달려가다 보면 생각지도 못한 고난을 만나게 된다. 때때로 옆도 보고 뒤도 살피는 지혜가 필요하다. 그래야 그 어떤 난관을 만나도 능히 이겨낼 수 있다.

좋은 일이든 궂은일이든
우리가 겪는 것은
모두가 한때일 뿐이다.

법정

_ 모든 것은 지나간다

모든 건 한때다

살다 보면
좋은 일이든 나쁜 일이든
다 한때라는 걸 알게 되나니,

영원한 인생은 없듯
삶에 영원한 것은 없다

모든 건 다 한때니 바로 지금 이 순간,
자신에게 모든 걸 쏟아 부어라

그리고 분명히 할 것은 영원을 믿지 말지니,
매 순간 뜨겁게 사랑하라

인생을 살다 보면 영원한 것은 없다는 걸 알게 된다. 그것이 즐거움이든, 슬픔이든, 성공이든, 실패든 다 한때라는 걸 알게 된다. 그러기에 담담해질 필요가 있다. 담담함을 지니게 되면 모든 걸 순리적으로 생각하게 된다.

기도에 필요한 것은 침묵이다.
말은 생각을 일으키고 정신을 흩뜨려 놓는다.
우주의 언어인 거룩한 그 침묵은
안과 밖이 하나가 되게 한다.

법정

_기도

우주의 언어

침묵은 묵언默言의 언어다
말이 없어도 상대가 무엇을 말하는지
느낌으로 알게 한다

가끔씩 묵언의 언어로 말하라
말을 줄임으로써
머리는 맑아지고 생각은 깊어지리니
침묵은 인류의 또 다른 언어인 것이다

말이 넘치는 시대에는 때때로 침묵이 필요하다. 침묵을 통해 스스로를 돌아보고, 생각을 정리할 필요가 있다. 그렇지 않으면 넘치는 말로 인해 화를 입을 수 있다. 침묵하라. 침묵함으로써 내면의 소리에 귀 기울여라.

산에는 꽃이 피고 꽃이 지는 일만 아니라
거기에는 시가 있고, 음악이 있고,
사상이 있고, 종교가 있다.

법정

_ 산에 사는 산사람

산

산에 가보라
온갖 소리들이 저마다의 목소리로 노래한다

산에 올라보라
마음을 압도하는 경건함에 엄숙해진다

산은 누군가에게는 공연장이 되어 주고
누군가에게는 경건한 기도처가 된다

마음이 심란하거나 우울할 땐 산으로 가라
마음이 후련해지도록 이야기를 쏟고 나면
몸과 마음이 가뿐해지고 위안을 받게 될 것이다

우뚝 솟은 산을 보면 그 거대함에 압도당한다. 산은 아무런 말이 없어도 사람들을 제 품으로 불러모은다. 힘들고 어려울 땐 산으로 가라. 무언가 결심이 필요할 때도 산으로 가라. 산에 들기만 해도 평온해짐을 느끼게 된다. 산의 위로가 필요할 땐 주저하지 말고 산의 설법에 귀 기울여라.

첫 마음을 잊지 말라.
그 마음을 지키고 가꾸라.

법정

_ 모두 다 사라지는 것은 아닌 달에

첫 마음

첫 마음은 순결이다

첫 마음은 무욕無欲이다

첫 마음은 풋사랑이다

첫 마음은 갓 피어난 향기로운 애기꽃이다
첫 마음은 반짝이며 빛나는 별이다
첫 마음은 어디에도 없는 하나뿐인 마음 보석이다
그래서 첫 마음은 하늘빛을 닮았다

첫 마음은 하얀 눈처럼 맑고 깨끗하다. 때가 묻지 않은 순백이다. 첫 마음을 품은 가슴은 정결하다. 첫 마음을 잃지 않으면 인간의 본성을 잃지 않게 된다. 그래서 첫 마음을 품고 사는 사람은 어질고 덕성스럽다.

밤하늘에 별과 달이 없다면
얼마나 막막하고 아득할까.
우리 마음속에
저마다 은밀한 별을 지니고 있지 않다면
그 삶 또한 막막하고 황량할 것이다.

법정

_ 별밤 이야기

별

사람들은 저마다
자기만의 별을 품고 있다

꿈이라는 별
사랑이라는 별
희망이라는 별
우정이라는 별

황무지와 같은 메마른 상황에서도
앞이 꽉 막힌 막막한 현실에서도
웃으며 내일을 말할 수 있는 건

사람들은 저마다
자기만의 별을 노래하며
살아가기 때문이다

삶이 거칠고 메마르지 않게 하라

별이 빛을 잃지 않도록
늘 반짝반짝 환히 빛나게 하라

별 하나 없는 밤하늘을 본 적이 있다. 마치 어둠 속을 걷는 듯 숨이 막혔다. 별을 볼 수 없는 밤하늘은 더 이상이 밤하늘이 아니다. 그것은 암흑천지일 뿐이다. 마찬가지로 꿈과 사랑, 희망이라는 별을 품지 않은 가슴은 비감하고 쓸쓸하다. 자신만의 별을 품고 살아라. 별을 품고 사는 사람은 꽃보다 아름답다.

적게 가질수록
더욱 사랑할 수 있다.

법정

_ 소유의 굴레

적게 가졌다는 것은

적게 가졌다는 것은 죄가 아니다
적게 가진 것을 부끄러워하지 마라

적게 가진 자는 자신의 분수를 알고
분수에 넘치는 일을 벌이거나 행하지 않는다

적게 가졌다는 것은 죄로부터 멀어지고

자신을 겸허하게 함으로써

온전한 삶에 가까워지게 하는 것이려니

적게 가졌다는 것에

기가 꺾이거나 움츠리거나 안타까워하지 마라

적게 가진 것은 죄가 아니다. 적게 가졌다는 것을 부끄러워하거나 움츠러들지 마라. 적게 가졌기에 분수를 알고 분수 넘치는 일을 삼가게 된다.

무학無學이란 말이 있다.
전혀 배움이 없거나
배우지 않았다는 뜻이 아니다.
많이 배웠으면서도
배운 자취가 없음을 가리킴이다.

법정

_무학

배움의 향기

꽃이 아무리 예쁘다고 한들
향기가 없다면
꽃으로써 매력을 잃고 만다

아무리 지식이 해박해도
예의 없고 인격을 갖추지 않았다면
사람들로부터 눈총을 사게 된다

배움의 참 의미는

학식만을 쌓는 일이 아니려니,

사람답게 사는 일을

몸에 익혀

배움의 향기를 널리 전하는 것이다

진정한 배움은 지식의 근본이자 인간의 도리를 익히는 것이다. 그래서 배움이 깊은 사람은 배움의 향기가 넘치고 지식이 깊고 분수 넘는 행동을 하지 않는다. 배움의 향기를 널리 전하는 깊이 있는 지식인이 되라.

흙을 가까이 하는 것은
살아 있는 우주의 기운을
받아들이는 일이다

법정

_흙 가까이

자연의 모태母胎

흙을 가까이 하면
마음이 맑아지고 평온해진다

비가 내린 뒤 맡는 흙냄새는
푸릇푸릇 생기를 돋게 한다

흙은 생명을 품고 있어
꽃과 나무, 곡식 등 씨를 뿌리는 것마다
싱싱하게 자라게 한다

흙을 가까이 하는 사람은

유유하고 인간애가 넘친다

흙을 가까이 하라

흙은 자연의 모태母胎이다

흙은 정직한 자연과 생명의 모태다. 감자를 심으면 감자를 내어 주고, 고구마를 심으면 고구마를 내어 준다. 사람도 나무도 꽃도 동물도 다 흙을 의지하며 산다. 흙을 병들게 하지 말고 아끼고 사랑하라. 흙이 건강해야 모든 생명이 건강하고 행복하다.

살 때는 삶에 전력을 기울여
빼근하게 살아야 하고,
일단 삶이 다하면 미련 없이
선뜻 버리고 떠나야 한다.

법정

_ 죽으면 다시 태어나라

후회 없이 너를 살아라

목련나무를 보라
새하얀 목련을 활짝 피우고
꽃이 지면 미련 없이
다음을 기약하질 않느냐

사과나무를 보라
탐스런 사과를 주렁주렁 맺어 다 주고 나도
저리도 묵묵히 의연하질 않느냐

자신에게 주어진 시간을

뜨겁게 뜨겁게 아낌없이 꽃피우고

다음을 기다리는 목련나무와 사과나무처럼

네게 주어진 시간을

하나 남김없이 불살라 쓰고는

떠날 땐 스스로에게 부끄러움이 없어야 한다

후회 없이 너를 살 때

참 인생이라 일컬음을 받을 것이다

후회 없이 살기 위해서는 스스로에게 부끄러움이 없어야 한다. 부끄러움이 없다는 것은 삶을 잘 살고 있다는 방증이기 때문이다. 하여, 후회 없이 산다는 것은 스스로를 축복하는 참 인생이 되는 길이다.

법정 시詩로 태어나다

초판 1쇄 발행 2021년 2월 10일
초판 2쇄 발행 2021년 5월 10일
초판 3쇄 발행 2023년 12월 12일

지은이 | 김옥림
펴낸이 | 임종관
펴낸곳 | 미래북
편　집 | 음정미
본문 디자인 | 디자인 [연:우]
등록 | 제 302-2003-000026호
주소 | 경기도 고양시 덕양구 삼원로73 고양원흥 한일 윈스타 1405호
전화 031)964-1227(대) | 팩스 031)964-1228
이메일 miraebook@hotmail.com

ISBN 979-11-92073-46-0 (03800)

값은 표지 뒷면에 표기되어 있습니다.
잘못된 책은 구입하신 서점에서 바꾸어 드립니다.